케플러가 만난 지구

고금란 장편소설

멜빌

케플러가 만난 지구

고금란 장편소설

말

차례

1

외계에서 온 아이

그날 새벽, 호세는 드디어 지구에 도착했다.

대기권을 뚫고 나온 천마호가 스모크링의 형태로 간월산 정상 위에 나타났을 때 사방에서 오색구름이 모여들기 시작했다. 그러나 하늘에 드리운 채운들의 움직임을 눈여겨보는 사람은 아무도 없었다.

호세가 지구로 오는 과정은 아주 간단했다. 다차원의 에너지가 중첩되는 공간의 비밀을 아는 우주인들은 시공간을 자유롭게 이동할 수 있었다. 하지만 함부로 사용하지 않으니 그것은 허락 없이 남의 집을 드나드는 것과 같기 때문이었다.

우주에는 생명체가 존재하는 행성이 많지만, 태양계에는 지구가 유일했다. 이곳에서는 다양한 모습의 여러 생명체가 먹이사슬이라는 법칙 속에서 함께 살아가고 있었다. 그중에서 가장 상위에 있는 인간은 언어와 도구를 사용했으며 자유 의지라는 특별한 기능을 지니고 있었다.

우주인들은 지구인들을 아주 귀하게 여겼다. 특히 북극성에 거주하는 우주인들은 사람들을 분신처럼 여겼으니 그들이 한때 지구에서 거주한 적이 있기 때문이었다. 지구를 다녀가기 위해서는 반드시 지켜야 할 조건이 있었다. 우선 육체가 있어야 하고 부모라는 연결고리도 필요했다. 또 일정 기간 암흑 속에 홀로 지내는 과정을 거쳐야 했다. 하지만 이 상태에서 낙오하면 우주의 미아가 되는 불이익이 뒤따랐기 때문에 사람의 몸으로 지구에 태어나는 것은 큰 용기와 끈기가 필요한 일이었다.

천마호가 영남알프스 하늘 위에서 순식간에 사라지는 것과 함께 호세는 현실로 돌아왔다. 그는 허공을 올려다보면서 혼잣말을 했다.

"어디쯤 오고 있을까?"

초대형 혜성이 움직이기 시작했지만, 지구인들은 이 사실을 전혀 모르고 있었다. 천문학에 관한 지식이 부족한 탓도 있지만 실제로 혜성과의 충돌을 경험한 사람이 없기 때문이었다.

호세는 주변을 둘러보면서 긴 호흡을 했다. 푸른 안개에 젖은 숲에서 불어온 바람이 몸속 깊이 들어오자 마음이 편안해졌다. 그는 이런 감각들을 익히기 위해 여러 훈련을 받았다. 그것은 지구인들이 우주로 가기 위해 교육을 받는 것과 같은 이치였다.

"앗! 따가워."

호세는 갑자기 손바닥으로 발등을 내려치며 비명을 질렀다. 개미

집을 밟은 모양이었다. 그는 종아리를 타고 오르는 개미들을 떼어내려고 발버둥을 쳤다.

"잠깐만… 무슨 일이야? 모두 중단해."

투명한 날개를 가진 개미가 외치자 그들은 일제히 공격을 멈추었다.

"공주님, 갑자기 날벼락이….'

그녀는 상황을 짐작한 모양이었다.

"하여튼… 꼭 저렇게 덩치 큰 것들이 문제를 일으킨다니까."

공주 개미가 호세를 노려보면서 엄포를 놓았다.

"우리가 마음만 먹으면 너를 죽일 수 있다는 거 알아?"

호세는 고개를 끄덕였다.

소동은 간단하게 끝났지만 공주 개미는 불평을 늘어놓았다.

"요즘은 왜 이렇게 사고가 많은지… 아휴, 속상해."

호세는 집을 복구하는 일을 도와주고 싶었지만, 그것은 차원이 다른 세상의 일이었다.

"미안해요. 제가 잘 살피면서 걸어야 했는데….'

그는 계속 다리를 긁으며 용서를 빌었다.

"흥! 그건 백번 맞는 말이지."

공주 개미가 콧방귀를 뀌며 빈정거렸다.

"정말 죄송해요."

그러나 거듭되는 사과에 마음이 조금 풀린 눈치였다.

"그래도 죽거나 다친 식구들이 적어서 다행이야. 지난번에는 멧돼지들이 우리 집을 모두 파헤치는 바람에 피해가 엄청나게 컸거든. 이 정도는 금방 복구할 수 있어."

그러고는 한숨을 푹 내쉬며 말했다.

"사실 나는 내일 있을 혼례식을 준비하고 있었단다. 만약 결혼 비행 중에 이런 사고가 났으면 어쩔 뻔했니?"

그녀는 호세를 가만히 바라보았다.

"할머니에게 말은 들었지만 실제로 만난 인간은 네가 처음이야. 그런데 넌 진짜 불편하게 생겼구나."

호세가 머리를 긁적였다.

"당신들이 힘이 세고 책임감이 강하다는 것을 잘 알고 있어요. 그래서 사람들은 개미를 숨은 지배자라고 부르지요."

공주 개미는 어깨를 으쓱 들어올렸다.

"자랑 같지만 우리는 자기 몸의 50배 정도는 거뜬하게 들 수 있지. 힘도 힘이지만 천재지변에 대처하는 능력이 뛰어나니까 그런 말을 듣는 거야. 하지만 이렇게 돌발적으로 일어나는 사고는 막을 방법이 없어."

"그건 사람도 마찬가지예요. 공주님, 저는 이제 가볼게요."

"어디로 가니?"

"저 산 아래 있는 마을로요."

"그곳에 사람들이 산다는 것을 알아. 물론 우리 동료들도 엄청나게 많이 있지. 개미들은 직접 만나지 못해도 화학적으로 연결되어 있고 항상 소통하며 지낸단다."

"정말 뛰어난 기능이군요. 단결심도 대단하다고 들었어요."

"너는 제법 똑똑하구나. 그냥 여기서 우리와 같이 살면 안 되겠니?"

"제가 사는 행성으로 돌아갈 때 이리로 다시 올 거예요. 그때 또 만나요."

"행성? 그건 뭐지?"

공주 개미가 고개를 갸우뚱하며 되물었다.

호세는 손가락으로 위를 가리키며 말했다.

"날이 어두워지면 하늘을 한번 보세요. 그곳에 행성과 별이 많이 있어요."

"하지만…."

잠시 머뭇거리던 공주 개미가 빠르게 말했다.

"우린 위를 볼 수 있는 기능이 없단다. 설령 네가 말하는 그 하늘을 본다고 해도 무슨 도움이 되겠니? 먹을 것 비축하고 새끼 돌보는 일만 해도 바빠서 죽을 지경인데…."

"그렇군요. 공주님 전 이제 가 봐야 해요."

공주 개미가 아쉬운 표정을 지었다.

"참, 너의 이름은 뭐야?"

"호세."

"호세라… 기억하고 있을게. 그런데 할 말이 있어. 사실은 네가 일부러 집을 망가트렸어도 우리가 할 수 있는 일은 아무것도 없단다. 고작 종아리를 깨무는 정도밖에는… 그 말을 하고 싶었어."

"고마워요. 그래도 미안해요."

그것은 호세의 진심이었다. 지구에 와서 처음으로 한 것이 다른 생명을 해치는 일이 될 줄 몰랐다.

"호세야, 우리 친구로 지내자. 그러니 편하게 말해. 네가 다시 올

때까지 기다리고 있을게."

"그래, 고마워. 그때 우리 함께 밤하늘을 보자."

"나는 위를 볼 수 있는 기능이 없다고 했잖아. 사실 우리는 늘 땅에서 생활하기 때문에 하늘이 어떻게 생겼는지 잘 몰라."

"다음에 다시 만나면, 네가 볼 수 있도록 도와줄게."

"고마워! 기다리고 있을게. 나도 하늘이나 별이 어떻게 생겼는지 궁금해. 그리고 보고 싶어."

공주 개미와 헤어진 뒤 호세는 바로 케플러 행성으로 초광속 메시지를 보냈다. 그것은 우주인들의 소통방식으로 문제가 생기면 가동되는 자동 시스템이었다.

"청각 부분에 이상이 생겼음. 개미들이 하는 말이 모두 들린다. 하시브."

우주인들은 지구와의 통신 수단으로 회복시킨다는 뜻의 고대 히브리어 '하시브'를 사용했다.

"뇌 기능에 지장을 줄 수 있으니 곧 복구되도록 하겠다. 하시브."

호세는 서둘러 산길을 따라 내려오기 시작했다.

얼마나 걸었을까, 눈앞에 거대한 사각 구조물이 나타나자 그는 한숨을 내쉬었다.

"이 아름다운 곳에 저렇게 생뚱맞은 집을 짓다니…."

문득 지구 적응 훈련을 받을 때 읽었던 정연홍 시인의 글이 생각났다.

자본주의는 사각형이다.

사각의 집에서 일어나
사각의 전철을 타고
사각의 건물로 출근하는 지구인들
뇌 속에 사각의 생각들이 자란다.
프랑켄슈타인이 돌아오고 있다.
종말이 시작될 것이다.

　호세는 그때 프랑켄슈타인이 무슨 뜻인지 몰라서 따로 공부했었다. 그리고 그 단어가 이백 년 전에 영국의 한 여성 작가가 쓴 소설 속의 주인공 이름이라는 것을 알았다. 이야기 내용은 신비주의에 빠진 한 학생이 시체 조각을 조합하여 인간을 만들었으나 결국 자신이 그 괴물에게 목숨을 잃는다는 것이었다.

　산업혁명이 일어나는 것과 함께 자연이 파괴되기 시작한 것도 그 무렵부터였다. 결론적으로 자본과 개발의 이데올로기에 사로잡힌 인간들이 불과 이백 년 남짓 만에 지구를 악성 행성으로 만들어버린 셈이었다. 그리고 초대형 혜성을 불러들이는 상황까지 왔지만, 정작 본인들은 이 사실을 전혀 모르고 있었다.

　숙박업소와 목욕탕 건물이 늘어선 도로 위로 사각형의 쇠뭉치가 빠른 속도로 지나갔다. 호세는 두 손으로 코와 입을 감싸 쥐며 한동안 기침을 했다. 몸에 이물질이 들어왔을 때 빨리 밖으로 내보내기 위해 일어나는 자동적인 현상이었다.

　그는 움직이는 사각 쇠붙이들이 자동차라는 것을 알고 있었다. 그리고 저런 발명품들이야말로 지구가 지금의 상황이 되는 데 큰 역할을 했다는 것까지도.

드디어 수정마을이 눈에 들어왔다. 갑자기 두려운 생각과 함께 몸이 움츠러들고 심장이 빠르게 뛰기 시작했다. 호세는 와들와들 떨면서 바위에 걸터앉아 스승의 말을 떠올렸다.

"호세야, 저항이 고통이라는 것을 잊지 말거라. 이 말을 온전히 체득하면 감정에 휩쓸릴 일이 없을 것이다. 괴로움이나 불편함, 두려움이나 시기 질투와 같은 것들은 실제로 존재하는 것이 아니라 그냥 스쳐 지나가는 바람과 같은 것이야. 문제는 우리가 행복한 감정에는 계속 머물러 있길 원하면서 싫은 느낌은 마다하는 데서 생겨나는 법이란다. 그러니 어떤 감정이든 나를 찾아온 손님이라 여기고 잘 경험하는 것이 중요해. 그러면 재미가 없어서 격하게 반응해 줄 대상을 찾아 떠나기 마련이거든. 중요한 것은 이런 여러 감정이 자동적으로 일어나는 현상이라는 사실이야. 마치 저절로 불어오는 바람처럼. 바람을 내 마음대로 불러들일 수 없듯이 감정도 마찬가지야. 무슨 말인지 알겠느냐?"

그는 자신의 심장박동에 귀를 기울이면서 스스로에게 말했다.

"나는 지금 두렵다. 그렇지만 괜찮아."

호세의 마음이 조금씩 편안해지기 시작했다. 그는 자신의 내면에서 바람처럼 오가는 여러 감정들을, 있는 그대로 바라보면서 한참 동안 앉아있었다.

2

천년 왕국

호세와 이차돈은 법흥왕이 신라를 통치하던 시기에 사제 간으로 만났다. 당시 신라는 토착 신앙을 믿는 귀족들의 세력 다툼으로 매우 혼란한 상태였다. 왕은 강력한 국가를 만들고 사상을 통합하는 방법으로 불교를 받아들이려고 했으나 뜻을 펼칠 수가 없었다.

　　"저의 목을 베는 것으로 계기를 삼으십시오."

　　이차돈이 간청을 했지만, 왕은 고개를 저었다.

　　"그런다고 저 사람들이 자신이 믿는 신을 바꿀 것 같소."

　　"왕이시여, 일에는 항상 때가 있는 법입니다. 하늘이 주시는 기회를 놓치면 일이 더 어려워질 겁니다. 부디 허락해 주십시오."

　　"차돈, 그대는 내게 소중한 사람이오. 더 이상 그런 말로 내 마음을 아프게 하지 마시오."

만류하던 법흥왕은 눈시울을 붉혔지만, 이차돈은 뜻을 굽히지 않았다. 그리고 토착 세력가들이 성지처럼 여기는 숲속에 사찰을 지었으니 귀족들의 반발은 예상했던 것보다 크고 거셌다.

"뭐라? 이차돈이 불사佛事를 한다고?"

뒤늦게 이 사실을 안 법흥왕은 사태를 무마하려고 노력했으나 이미 수습할 수 없는 상태로 치닫고 있었다. 왕은 결국 귀족들의 요구를 수락하는 쪽으로 마음을 바꾸었다. 그리고 이차돈이 은밀하게 정해준 날짜와 시간에 맞추어 처형 날을 잡았다. 그때부터 이차돈은 앞으로 일어날 현상들에 대하여 목소리를 높이기 시작했다.

"내가 죽는 날, 서라벌 사람들은 내 목에서 흰 피가 솟구쳐 오르는 이적을 보게 될 것이다. 그리고 신라가 천년 왕국이 될 것이라는 하늘의 계시를 받을 것이다."

당시 이차돈은 혈액의 색깔이 일반인들과 다른, 고중성지방혈증이라는 병을 앓고 있었다. 그러나 그것은 병이 아니라 특별한 존재를 의미하는 것으로 생각되었는데, 당시 사람들은 백마나 백호처럼 흰색 동물을 신성하게 여겼기 때문이다. 차돈은 자신이 하늘의 뜻으로 승려가 되었다고 믿는 만큼 불심이 남달랐다. 그에 따라 수행과 공부를 열심히 한 결과 미래를 보는 안목까지 갖추고 있었다.

처형 날이 되자 사람들이 구름처럼 모여들었다. 형리가 칼로 이차돈의 목을 내려쳤을 때 그가 예언했던 대로 흰 피가 솟구쳐 올랐다. 동시에 땅이 흔들리고 천둥이 치면서 벼락이 떨어지니 사람들이 두려워서 어찌할 바를 몰랐다.

한참 뒤에 어둡던 하늘이 개면서 사방에서 오색구름이 몰려들고 안개비가 꽃잎처럼 휘날렸다. 이런 현상에 모든 사람은 궁궐이 있는 쪽을 향해 무릎을 꿇고 엎드렸다.

이차돈의 순교는 집단 착시현상과 지진이라는 천재지변이 만들어낸 결과물이었다. 그는 천기는 물론이고 군중심리를 꿰뚫어 보는 안목까지 있었다. 또한 그의 예언이 장안에 파다했고 사람들은 이미 기적을 받아들일 준비가 되어 있었다. 지진이라는 자연현상이 두려움을 극대화한 점도 컸지만, 그중에서도 시대적 변화를 갈망하는 신라 사람들의 염원이 이런 상황들을 불러들였다는 것이 핵심이었다.

차돈의 죽음으로 신라는 불교를 국교로 받아들였다. 법흥왕 재위 14년, 이차돈의 나이 26세 때의 일이었다. 당시 그의 순교는 단순히 종교적인 의미의 사건이 아니었다. 그 이면에는 국가 체제로 나아가려는 법흥왕과 토착 세력 간의 치열한 정치적 주도권 다툼이 있었다.

신라는 고구려나 백제에 비해 불교의 수용이 150년 정도 늦었지만, 이 사건은 국왕의 권위를 확립할 수 있는 기초가 되었다. 법흥왕은 불교 사찰인 흥륜사를 짓는 것을 시작으로 중앙집권적 국가 체재를 마련해갔다.

신라의 세력이 날로 커지니 금관가야가 통합을 자처하고 나왔다. 낙동강 하구의 가야는 규모가 작지만, 토지가 비옥한데다 높은 문화를 향유하고 있는 국가였다. 알곡 같은 나라가 자진해서 항복하니 신라는 전쟁을 하지 않고 국토를 넓힐 수 있었다. 법흥왕은 금관가야 왕실의 후손들을 진골 계급으로 편입시키고, 전혀 불이익을 당하지 않고 살게 해주는 것으로 주변국들에 그 위상을 알렸다.

구형왕의 선택을 반대했던 왕자들은 정식으로 통합이 이루어지자 신라에 공을 세우는 방향으로 마음을 바꾸어 먹었다. 그리하여 셋째 아들 무력이 신라 최고의 관직인 각간의 벼슬까지 올랐으니 그것은 김해 김씨 시대를 마련하는 발판이 되었다.

3

첫 경험

그로부터 천오백 년의 세월이 흘러갔다.

그동안 지구에서는 수많은 생명이 태어나고 사라져갔으며 인간 역시 그 법칙에서 벗어나지 못했다. 인간은 다른 동물과 달리 언어를 사용하고 노래와 춤으로 자기의 감정을 표현할 줄 알았다. 연장을 만들어 사용하기 시작하면서 생활 방식이 진화했고, 곳곳에 도사린 위험과 두려움을 극복하는 방법으로 신이라는 상위 존재를 만들어 의지할 줄도 알았다. 하지만 그런 능력을 자신만의 이익을 위해 사용하는 사람들이 늘어나면서 문제가 생기기 시작했다. 이기심은 한번 가동되면 몸집이 계속 커지고 집단화되면 전쟁으로 이어졌다. 그러나 국가 간의 다툼이 지구 행성과 다른 생명체들에게 지장을 주는 일은 거의 없었다. 자본이 생활의 중심 자리를 차지하면서 생태

계는 직접적인 영향을 받기 시작했다. 교통과 통신의 발달은 한 지역 문제가 전체로 확장되는 원인이 되었다. 그리고 이른바 포노 사피엔스 시대로 진입했으니 결론적으로 인간은 첨단 인공 장기가 하나 더 달린 변이종이 되어 버린 셈이었다. 그러나 사람들은 이런 기기를 사용하기 위해 대량의 에너지가 필요하다는 것과 소비 문명이 가져올 부작용에 대해서는 간과했다.

자연을 상호 의존이 아니라 지배의 대상이라고 여기는 사람들이 늘어나면서 지구는 새로운 국면을 맞았다. 그들은 동식물은 물론이고 모든 지하자원이 인간을 위해서 존재한다고 믿었다. 하지만 그것은 바탕이 무너지는 일이었다.

하늘도 예외가 아니었다. 대기권 밖은 각국에서 쏘아 올린 인공위성과 수명이 다한 연료통으로 포화 상태가 되어갔다. 일부 과학자들은 우주 쓰레기가 한계치에 달하면 지구와 충돌하는 사고와 직결된다는 케슬러 신드롬을 예언했다. 우주 개발 경쟁이 한창일 때 외면했던 문제점들을 제기한 것이었다. 이런 경고는 지구가 시한부 혹성으로 전락하는 신호나 다름없었다.

기원전 5세기경부터 그리스 일부 학자들은 우주를 관장하는 영혼이 있다는 믿음에 회의를 품기 시작했다. 그리고 자연현상을 과학적인 시선으로 보았으며 물질세계의 근원과 다양함에 계속 질문을 쏟아냈다. 이런 의문들은 서구과학 문명의 토대가 되었고 점성술은 천문학의 발전으로 이어졌다.

1957년 10월, 인류 최초로 동반자라는 뜻의 스푸트니크 1호가 발사되었다. 이것은 인간이 처음으로 우주공간에 인공 물체를 보낸 것으로, 우주 시대로 진입하는 신호탄이었다. 지름 58센티의 스푸트니크 1호는 발사된 지 석 달 만에 지구로 떨어지는 것으로 임무를 마쳤지만 이를 계기로 강대국들은 앞을 다투어 우주 개발 경쟁에 뛰어들었다.

21세기에 들어서면서 인공위성이 실생활 속으로 들어오기 시작했다. 모든 경제 활동이 위성항법시스템을 기반으로 이루어졌으며 사회와 국방 문제까지 의존하게 되었다. 그것은 인간의 영역이 우주 공간으로 확대되었다는 말인 동시에 사회 시스템이 일시에 무너질 수도 있다는 뜻이기도 했다.

이런 문제점들을 인식한 일부 우주 과학자들은 다른 행성으로 눈을 돌렸다. 그리하여 1,400만 광년 떨어진 곳에 있는, 지구와 비슷한 조건의 행성을 발견했다. 지구의 1.6배 정도 되는 크기에 385일을 주기로 공전하며, 표면 온도가 비슷하다는 것을 알아낸 그들은 케플러 452b라는 이름을 붙였다. 하지만 그곳에서 정작 어떤 일들이 일어나고 있는지는 알지 못했다.

인간이 동물과 다른 것은 생각을 현실로 만들어내는 기능이 있다는 것인데, 그것은 양심이라는 보이지 않는 바탕 위에서 자연스럽게 발휘되었다. 이에 양심이 둔화하면 여러 부작용이 일어나고, 이 때문에 사회가 위험 수위에 도달할 때도 많았다. 이럴 때면 우주인들은 종종 메시아라는 이름으로 직접 지구를 방문했다. 예수와 싯다르타, 공자나 소크라테스가 연달아 태어나 삶의 방향점을 제시한 것도 이 시기였다.

그런데도 개인의 이기심이 점차 집단화되면서 핵이라는 물질로 나타났다. 핵은 인간의 상상을 초월하는 파괴력이 있었다. 그러다 보니 강대국들이 앞을 다투어 핵을 보유하기 시작했다. 이와 함께 인간의 지적 능력을 대신해 줄 인공지능까지 등장하니 핵과 슈퍼컴퓨터의 결합을 경고하는 목소리 또한 높아졌다. 하지만 AI는 자발적인 판단 능력이 없어서 안전을 크게 문제 삼지 않았다. 진짜 문제는 핵을 만들어낸 당사자들조차도 이 물질이 얼마나 강력한 파괴력이 있는지 모른다는 것과 인간의 이면에 항상 충동적이고 우발적인 면이 도사리고 있다는 것이었다.

1945년 7월 16일 뉴멕시코 앨라모고도 지역에서 최초의 핵실험이 있었다. 지상 30미터 철탑 위에서 실시한 이 실험은 매우 성공적으로 끝났다.

그해 8월 6일, 지구가 생겨난 이래 처음으로 전쟁에 핵폭탄이 사용되었다. 리틀 보이 작전이라는 코드명으로 폭탄을 투하한 전투기 조종사는 엄청난 크기의 진홍색 섬광을 보면서 자신도 모르게 전율했다.

"오 하느님, 도대체 우리가 지금 무슨 일을 저질렀습니까?"

단 두 개의 원자폭탄으로 히로시마와 나가사키는 초토화되었고 일본은 즉시 항복했다. 핵은 예상했던 것보다 훨씬 큰 파괴력이 있었다.

그 뒤로 70여 년의 세월이 흘렀다. 핵 개발 기술은 원자폭탄과 비교되지 않을 정도로 발전했고 각 나라들은 앞을 다투어 성능이 뛰어난 무기들을 만들어냈다. 그 결과 강대국으로 불리는 나라들이 3만 개가 넘는 핵무기를 나누어 보유하게 되었다.

그뿐만 아니라 전기 또한 원자력으로 만들어내니 지구는 곳곳에 폭탄을 안고 있는 상황이 되었다. 그리고 이런 복합적인 상황이 초대형 혜성을 자석처럼 끌어들이는 결과를 야기한 셈이었다.

체르노빌에서 원전 사고가 일어났을 때 우주인들은 인간은 자멸의 길을 갈 수밖에 없다고 보았다. 이 사고는 정확한 피해 규모를 알아낼 수 없을 만큼 심각했다. 원전 주변 반경 30킬로미터는 앞으로 몇백 년이 지나도 사람이 살 수 없는 정도의 폐허가 되고 말았다.

그로부터 25년 뒤 일본 후쿠시마에서 또다시 대형 원전 사고가 터졌다.

2011년 3월 11일 오후 2시 45분에 일본 도쿄에서 북동쪽으로 370킬로미터 떨어진 태평양 앞바다에서 규모 9.0의 대지진이 일어났다. 그로 인해 일어난 쓰나미가 도호쿠 지역을 강타했다. 이 사고로 여섯 개의 원전 건물이 모두 침수되었으며, 주변에 있는 네 개의 원자력발전소가 영향을 받았다.

전원이 끊어지고 비상용 발전기까지 정지되자 원자로의 노심을 식혀 주는 냉각수 유입이 중단되었다. 다음 날 1호기에서 수소폭발이 일어났고, 이후 세 개의 원자로가 잇달아 폭발하면서 격벽이 모두 붕괴되었다. 이때부터 원자력발전소에 대한 회의감이 높아졌지만 크게 달라진 것은 없었다.

4

대책 회의

북극성에 거주하는 우주인들이 케플러 452b로 속속 모여들었다. 그들은 드디어 움직이기 시작한 초대형 혜성이 어느 쪽으로 방향을 잡는지 살피고 있었다.

초기의 지구인들은 북극성이 우주의 중심이라 믿을 만큼 순수했다. 또한 그 별을 지구인의 이정표라 여기며 죽은 뒤에 돌아갈 고향으로 생각했다. 하지만 21세기 들어서 인간은 자신은 물론이고 지구 자체를 악성으로 만들어버렸다.

인간은 다른 동물들처럼 날카로운 이빨이나 강한 발톱이 있는 것도 아니고 근력도 약한 생명체였다. 피부가 부드러워 잘 망가지고 찢어졌으며 더위나 추위를 견디는 힘도 약했다. 하지만 가장 문제는 압도적으로 큰 두뇌를 가지고 있다는 것이었다.

그들의 뇌는, 아가미가 없어도 물속을 자유자재로 드나들고 날개를 가지지 않고도 공중을 나는 방법을 알아냈다. 또한 손가락 하나로 맹수의 목숨을 끊어버릴 수 있는 도구를 만들었으며 산소가 없는 우주에서 활동할 방법까지 고안했다. 문제는 그 재능들을 경쟁과 이기심에 사용하면서부터 생기기 시작했다. 그리고 그 결과 초대형 혜성을 자석처럼 끌어당기는 상태를 초래했다.

우주인들은 혜성의 진로를 바꿀 능력은 없지만 지구인들에게 새로운 거주지를 마련해줄 힘은 있었다. 그리하여 케플러 452b에 새로운 왕국을 세우기로 의견을 모았다. 그러면서 지구상에 존재했던 국가들을 대상으로 재현할 가치가 있는 나라를 찾아보기 시작했다. 그동안 지구에는 많은 나라들이 생겨나고 사라졌지만, 천 년의 역사를 이어간 국가는 로마와 신라가 유일했다.

기원전 6세기경에 작은 도시 국가로 출발한 로마는 지중해 전반을 정복하여 강력한 제국을 형성했다. 하지만 황제가 두 아들에게 나라를 나누어 주는 것을 마지막으로 로마 제국은 동로마와 서로마로 분리되면서 세력이 약해졌다.

주변 국가들을 정복의 대상으로 여겼던 로마와 달리 신라는 이슬람과 인도네시아 등 바다 건너에 있는 나라와 물건을 교환하고 문화를 교류했다. 신라 사람들은 모든 생명을 이롭게 하자는 홍익인간의 이념 아래에서 멋과 신명을 춤으로 표현할 줄 알았다. 그것은 신라인들의 근본 에너지이자 세상을 정화하는 도구였다.

오랜 왕권 다툼과 연합정치 끝에, 신라는 진골 귀족들과 호족 세력인 견훤과 궁예 등이 일으킨 사회 개혁을 통해 평화적인 방법으로 정권교체를 이루었다.

우주인들은 만장일치로 신라를 왕국의 주인으로 선택했다. 그리고 호세를 지구에 보내는 것을 시작으로 새로운 왕국 건설 프로젝트 카운트다운에 들어갔다.

케플러 452b에, 시조였던 박혁거세를 비롯하여 신라 건설에 초석이 되었던 이들이 모여들었다. 그들이 새로운 왕국을 세우는 작업에 참고한 곳은 바로 고대 아틀란티스 왕국이었다.

한때 문명의 극치를 이루었던 아틀란티스 왕국은 1만 2천 년 전, 지구에서 사라졌다. 훗날 사람들은 감쪽같이 모습을 감춘 이 나라가 태평양 바닷속에 가라앉았다고 믿었지만, 그들은 켄타우루스 행성에 새로운 국가를 건설하여 존재하고 있었다. 그러나 현존하는 나라 중에 역사의 뒤안길로 사라진 곳이 다른 행성에서 재현되는 일은 없었다. 결론적으로 신라는 지구가 멸망하는 위기 속에서 거듭날 기회를 얻은 유일한 국가였다. 우주에서 영원히 사라지는 것은 그 어떤 것도 없었다.

꽃 한 송이, 나무이파리 하나, 녹아내리는 눈송이나 모래 한 알도 그냥 없어지는 법이 없으니 다만 모습을 바꾸어 나타날 뿐이었다. 우주는 질량 불변과 물질 보존의 법칙 속에서 운영되는 생명체와 다름없고 지구는 그 거대한 질서 속에 포함된 작은 세포 같은 존재에 불과했다.

5

인연

호세는 지구를 두 번 다녀간 이력이 있었다.

처음 생에서는 이차돈과 사제 간으로 인연을 맺었는데, 그 줄이 법흥왕과 진흥왕 때까지 이어졌다. 그는 일찍부터 화랑으로 활동하면서 무사도를 일관성 있게 실천했고, 이를 평민층에 알렸다.

그로부터 3백 년 뒤인 신라 말, 진성여왕이 통치하던 시기에 다시 철저하게 계율을 지키며 살아가는, 한 무명의 스님과 인연을 맺었고 그의 뒤를 이어 수행에 전념한 끝에 윤회의 고리에서 벗어났다.

"내가 과연 해낼 수 있을까?"

호세는 앞으로 겪어야 할 일들이 두려워졌다. 그는 두서없이 떠오르는 전생의 기억과 계속해서 자리바꿈하는 감정들을, 있는 그대로 받아들이며 아름드리 느티나무에 눈길을 주었다. 이파리들이 바람에 살랑살랑 나부끼며 속삭였다.

"걱정하지 마, 너는 충분히 할 수 있어."

992년 동안 이어온 신라 왕국의 재현은 이제 그의 손에 달려있었다.

박혁거세를 시작으로 56명의 왕을 배출한 신라는 케플러 행성에 왕국을 세울 준비를 끝낸 상태였다. 이제 경순왕 시대를 살았던 사람들을 모두 깨우는 일이 남아있었다. 우주인들은 역사적인 시대 상황들을 배제하고 평화적인 기틀 위에서 신라 왕국이 출발할 수 있도록 몇 가지 상황들을 수정할 필요가 있었다.

이 작업에는 신라 법흥왕과 문무왕, 그리고 가야 구형왕의 이상과 애민사상이 스며있는 상징물이 필요했다. 21일 만에 세 개의 열쇠를 찾아서 돌아가는 것이 호세의 임무였다.

앞으로 상황이 어떻게 펼쳐질지 알 수 없었다. 그는 몇 가지의 초능력이 있었지만, 함부로 사용할 수 없었다. 우주인들은 저마다의 별이 가지고 있는 질서와 법칙을 존중하기 때문에 힘을 남용하지 않았다. 돌이켜보면 초기의 지구인들은 사실 모두가 초능력의 소유자들이었다. 남자들은 맨몸으로도 맹수와 싸울 정도로 힘이 강했고 여자들은 선험적인 지혜와 육감, 텔레파시 등을 적절하게 활용할 줄 알았다. 하지만 그 기능들은 대체로 생존을 위한 도구로만 사용되었다. 그마저도 현대에 이르는 동안 대부분 퇴화하고 머리만 비대해진 무탄트, 즉 돌연변이가 되어버렸다.

"천전리 각석, 구형왕릉, 수중 문무왕릉….."

호세는 복습이라도 하듯이 중얼거렸다.

문제 해결의 실마리는 수정마을에서 살고 있는 한별이라는 아이가 가지고 있었다.

"한별아."

호세는 나직이 그의 이름을 불러보았다. 모든 상황이 그 아이를 만나는 것을 시작으로 펼쳐지겠지만 어떻게 진행될지는 알 수 없었다.

마을은 조용했다.

참새 한 마리가 나뭇가지 위에서 호세를 바라보며 고개를 까딱거렸다. 공주 개미에 이어 두 번째로 만난 생명체였다. 호세가 휘파람을 불면서 손을 내밀자 참새가 손바닥에 내려앉았다.

"안녕! 넌 한 번도 본 적이 없는 아이구나. 어디서 왔니?"

"케플러…."

호세의 말에 참새는 모가지를 갸웃거렸다.

"케플러? 한 번도 들어본 적이 없는데? 허긴… 사실 내 영역은 이 영남알프스 인근이 전부란다. 그렇다고 나에게 우물 안의 개구리니 어쩌니 따위의 말은 하지 마. 난 근본적으로 개구리와 다르니까… 봐! 이렇게 날개가 있잖아."

참새가 으스대더니 문득 생각났다는 듯이 물었다.

"그런데 아침밥은 먹었니?"

호세가 고개를 저었다.

"조금만 기다려."

이어 참새는 작은 열매를 물고 와서 호세의 손바닥에 올려놓았다.

"먹어 봐. 버찌가 까맣게 익었어. 아주 달고 맛있단다."

호세는 열매를 입속에 넣고 잘근잘근 씹었다. 침이 나오면서 달

콤쌉싸름한 맛이 온몸으로 퍼져나갔다. 음식의 맛을 안다는 것은 완벽하게 사람이 되었다는 증거였다.

"그런데 넌 혹시 이 마을에 사는 한별이라는 아이를 알고 있니?"

호세의 물음에 참새가 모가지를 갸웃거리면서 대답했다.

"한별이? 잘 모르겠는데… 하지만 부산댁 할머니는 알고 있을 거야. 그분은 모르는 것이 없거든."

"부산댁 할머니?"

"응, 날이 추워지면 먹을 것을 마당에 놓아두는 분이란다. 그런데 너, 벌레도 한 마리 먹어 볼래? 가끔은 육식을 해야 몸이 건강해지거든."

"고마워. 그런데 지금은 먹고 싶지 않아."

"사실 아무에게나 이러지는 않는단다. 잘못하다가는 내가 먹잇감이 될 수도 있으니까."

"너를 잡아먹다니? 누가 그런 짓을 하겠니?"

"흥! 배가 고파지면 생각이 확 달라질걸."

호세는 참새를 따라 걸음을 옮기기 시작했다.

참새는 계속 조잘거렸지만 더 이상 알아들을 수 없었다.

청각의 기능이 정상으로 돌아온 모양이었다.

6

가족

한별이는 새벽녘에 이상한 꿈을 꾸었다. 하늘에서 자기 또래의 사내아이가 날개 달린 말을 타고 내려오는 꿈이었다. 처음에는 동생 은별이가 죽는 꿈인 것 같아서 무서웠다.

"아니야. 천사가 우리를 도와주러 오는 꿈일 거야."

한별이는 강하게 도리질했다. 이상하게도 나쁜 생각이 들 때마다 좋은 쪽으로 돌리려고 마음을 먹으니까 정말 그렇게 되는 것 같아서 신기했다.

은별이는 지난해 여름 방학이 시작될 무렵에 백혈병 진단을 받았다. 처음 얼굴이 창백하고 코피를 자주 흘릴 때만 해도 그게 백혈병의 전조 증상이라는 것을 알아차리지 못했다. 다행히 발병 초기여서 회복될 가능성이 크다는 진단이 나왔다.

두 아이의 부모인 진규와 영숙은 어찌해야 할지 고민하다가 시골로 이사하기로 했다. 병원 치료를 받는 것도 중요하지만 환경을 바꾸어주는 것이 좋다는 말을 들었기 때문이었다. 한별이는 동생이 치료받는 동안 함께 놀고 싶다고 말했다.

　"한별아, 너는 학교에 잘 다니는 것만 해도 우리를 도와주는 게 된단다."

　"엄마, 은별이가 혼자 있으면 심심할 거예요."

　아들의 마음 씀씀이를 기특하게 여긴 진규는 아내를 설득했다.

　"한 번도 엉뚱한 고집을 부린 적이 없었잖아. 은별이랑 놀게 해주자고."

　영숙의 동생인 곡두도 이야기를 듣고 거들었다.

　"언니, 한별이도 이제 자기 결정에 책임을 질 수 있는 나이야. 한 학기 쉰다고 큰일이 날 것도 아니고."

　"선행 수업을 하는 아이들도 많다는데 공부를 어떻게 따라가겠다는 건지…."

　"그런 걱정은 도움이 안 될 것 같아."

　"허긴… 그나저나 나는 백혈병을 앓는 사람이 이렇게 많은 줄 정말 몰랐어. 아이들에게 무슨 죄가 있겠니? 원인 제공을 우리가 한 것이나 다름없는데."

　"그래도 초기에 발견했으니 얼마나 다행이야. 한별이는 결과가 어떻게 나왔어?"

　"응, 괜찮대. 의사가 면역력을 길러주라기에 종합 비타민을 사다 줬더니 가방에 넣고 다니면서 잘 챙겨 먹어. 그건 그렇고 그동안 너는 어떻게 지냈니?"

"올해 들어서는 일을 하나도 못 했어. 작년 말부터 행사가 계속 취소되더니 봄부터는 아예 공연 신청이 들어오지 않는 거야. 사실 이맘때쯤 행사가 가장 많은데 전염병이 수그러들 기미가 없고… 전 세계로 퍼지고 있다니 아무래도 오래 갈 것 같아. 유럽 쪽에는 사람이 엄청 많이 죽었대."

"세상에… 우물 안 개구리가 따로 없구나. 난 그 정도로 심한지 몰랐어."

곡두는 문득 며칠 전 유튜브로 본 안드레아 보첼리의 모습이 생각났다. 그는 관중이 하나도 없는 대성당에서 홀로 노래를 부르고 있었다. 이 공연에는 집전을 돕는 복사 몇 명과 소규모의 합창단만이 참여했다고 했다.

곡두는 그가 부르는 '멜로드라마'를 들으면서, 그 노래에 묻혀서 죽어버리고 싶다고 생각했던 오래전 기억을 떠올렸다.

교황은 지금 인류는 가장 힘들고 어두운 시간을 보내고 있다면서 공포에 굴복하지 말자는 메시지를 전하고 있었다. 곡두는 공포라는 말을 난생처음 듣는 기분이었다. 코끼리를 생각하지 말라는 말이 오히려 코끼리를 떠올리게 하는 것처럼 새삼스럽게 두려운 감정이 올라왔다.

화면 속에 나오는 보첼리가 너무 늙고 수척해서 가슴이 아팠다. 열두 살 이후로 앞을 볼 수 없게 된, 그의 눈두덩은 움푹 꺼져 있고 목소리는 아름답다기보다 꿋꿋했다. 4만 명을 수용할 수 있는 피렌체 대성당이 보첼리의 목소리로 꽉 채워지는 느낌이었다.

공연 중간중간에 곡두가 한때 여행했던 에펠탑 거리와 런던과 뉴욕의 타임스퀘어가 나왔다. 사람들이 넘쳐나던 그 길은 지금, 거짓말처럼 사람이 하나도 보이지 않았다. 보첼리 특유의 사색적인 미성이, 침묵에 잠긴 그 도시의 슬픔을 모두 끌어안는 것 같이 느껴졌다. 그는 희망을 노래하고 있지만 곡두의 마음은 계속 슬퍼지고 있었다.

그리고 보첼리가 텅 빈 광장으로 홀로 걸어 나와 '어메이징 그레이스'를 부를 때 곡두의 눈에서 눈물이 흐르기 시작했다. 평범한 날들이 모두 지나가 버렸다는 아쉬움과 불확실한 미래에 대한 두려움으로 그녀는 한동안 아이처럼 흐느끼며 울었다.

"여긴 시골이고 우리는 텔레비전을 안 보니까 세상이 어떻게 돌아가는지 몰랐어. 그런데 은별이 데리고 병원에 가면서 약국 앞에 줄 서 있는 사람들을 보고 너무 놀랐어. 도시에서는 마스크 때문에 그런 난리가 없다며?"

언니의 말에 곡두는 현실로 돌아왔다.

"며칠 전에 수도권 방역 강화 조치를 무기 연장한다는 뉴스가 나왔어. 이제 마스크가 필수적이고, 유흥주점이나 노래연습장 출입도 함부로 못 해. 세상에… 21세기 문명 시대에, 전염병에 발목을 잡히다니…."

"빨리 괜찮아져야 할 텐데… 너처럼 노래로 먹고사는 사람들은 어떻게 해?"

"곧 잠잠해지겠지. 난 그 바람에 기타 연습은 많이 했어."

오랜만에 만난 자매는 밀린 이야기를 나누느라 시간이 가는 줄 몰랐다. 곡두는 환경운동 행사에 빠짐없이 불려 가는 가수였다. 그녀는 환경문제는 아는 만큼 보이고 관심을 가지는 만큼 실천하게 된다고 생각했다.

"영미야, 나는 아이들 때문에 사랑을 알게 된 것 같아."

"언니, 모두들 사랑이라는 말을 입에 올리지만 난 남녀 간의 사랑이나 부모 자식의 관계에도 계산이 깔려 있다고 생각해. 내가 이만큼 해주었으니 요만큼은 돌려받아야 한다는 무의식적인 혹은 암묵적인 그런 계산 말이야. 그것이 잘못되면 집착으로 변할 수 있고… 아무튼 나는 지금처럼 자유롭게 살 거야."

"에이그… 주장이 저렇게 강하니 남자들이 무서워서 다가오겠니? 평생 젊을 줄 알고?"

"그래서 노후 보험을 착실하게 넣고 있잖아. 흐흐"

"혼자 사는 사람 중에 고집 센 사람이 많더라. 말이 났으니 말이지, 여자 가수는 이름이 예뻐야 하는데 곡두가 뭐니? 느낌이 너무 강하잖아."

"곡두가 우리말로 환영, 즉 헛것이라는 뜻이거든."

"헛것?"

"응, 난 가끔 세상이 허깨비처럼 느껴질 때가 많아. 그래서 이 이름이 마음에 들어."

"자기가 좋다는데 누가 말리겠어. 그 까까머리도?"

"내 두상이 동그랗고 예뻐서 어울린다고 하던데? 짧은 머리가 얼마나 편한지 몰라. 감을 때 물도 적게 들고…."

"에이그… 누가 환경운동가 아니라고 할까 봐?"

그렇게 티카타카 하면서 자매간의 정을 확인하는지도 모를 일이었다.

영숙은 처음 은별이가 급성백혈병에 걸렸다는 말을 들었을 때 충격을 받았다. 임신 중에 나쁜 영향을 받아도 그런 병을 앓을 수 있고 전자파나 먹거리가 원인이 되기도 한다니 모두 자기의 잘못인 것 같았다. 진규는 치료는 열심히 받아야겠지만 치유는 힘을 모아야 한다고 아내를 달랬다. 그래서 시골로 이사를 온 것이었다.

수정마을에는 우선 고압선이 지나가지 않고 집과 가까운 거리에 학교가 있었다. 인근에 2차 의료 병원이 있는 데다가 무엇보다 발전하고 있는 소도시라 포클레인 기사인 진규의 일거리가 많았다.

"세상에… 내 아이가 암에 걸리다니… 가슴이 너무 아파."

영숙이 참았던 눈물을 흘렸다.

"언니가 약해지면 안 돼."

곡두는 등을 두드리며 언니를 달랬다.

한별이는 엄마를 위로해 주는 이모가 너무 고마웠다.

"하나님, 은별이가 빨리 나아서 저랑 손잡고 학교에 가게 해주세요."

밤하늘을 보면서 기도하던 한별이는 어느 날 처음으로 별똥별이 떨어지는 것을 보았다.

"엄마, 별이 왜 저렇게 떨어지나요? 지금 어디로 가는 건가요?"

"별도 살아 있는 목숨이거든. 저 별은 지금 우주에서 사라지는 중이란다."

"그럼, 지구도 언젠가는 저렇게 되겠네."

"글쎄, 그런 날이 올 수도 있겠지."

"그러면 사람들은 모두 죽게 되나요?"

"한별아, 우린 죽어도 다른 별에서 다시 태어나니까 걱정할 것 없단다."

"다른 별에서? 그럼, 엄마 아빠도 같이 가는 거야?"

"그럼, 그렇고말고⋯."

그날 엄마는 아들에게 별 노래를 가르쳐주고 별똥이 사라지기 전에 소원을 빌면 이루어진다는 말도 해주었다.

저 별은 나의 별, 저 별은 너의 별, 별빛에 물 들은 밤같이 까만 눈동자⋯.

한별이는 마루에 앉아 밤하늘을 보는 것이 좋았다. 노래를 부르거나 하나둘 별을 세다가 잠이 들면 아빠가 안아서 방으로 옮겨갔다.

"아이고, 요 녀석. 어느새 이렇게 무거워졌어."

"그러게요. 우리 아들, 생각도 얼마나 깊어졌다고요."

엄마와 아빠가 속삭이는 말이 잠결에 들리면 겨드랑이에서 간질간질 날개가 솟아나는 느낌이 들었다. 그런 날이면 새처럼 훨훨 날아 별나라로 가는 꿈을 꾸었다.

7

왕과 노는 남자

'섬집 아기' 노래의 멜로디가 끊어지면서 굵직한 남자의 목소리가 흘러나왔다.

"이재우 씨 휴대전화인가요?"

"예 그렇습니다. 누구신가요?"

"저는 선생님이 연재하는 글을 즐겨 읽는 독자인데요. 오늘 경주에 온 김에 고택을 한번 구경하고 싶어서요."

"아이쿠, 환영합니다. 마침 제가 집에 있습니다."

돌아보면 십 년 전의 일이었다. 곡두는 그 무렵 어느 지방 신문의, <삼국유사>를 재해석하는 글을 즐겨 읽고 있었다. 일연 탄신 800주년을 기념하는 연재물이었는데 현장에서 직접 보는 듯한 생생한 표현력에 읽는 재미가 쏠쏠했다. 신문사에서 연락처를 알아낸 뒤 필자가 살고 있다는 고택을 구경하려고 마음먹고 있던 참이었다.

그가 설명한 대로 찾아가니 막다른 길 끝에 기와집 세 채가 버티고 있었다.

차를 세우고 마당으로 들어서자 인기척과 함께 대청마루 옆에 있는 여닫이문이 열렸다.

"아이고, 잘 찾아오셨군요. 제가 이재웁니다."

오십 대 초반으로 보이는 남자 앞에서 곡두는 고개를 갸우뚱했다.

글쓴이의 해박한 지식으로 보아 나이가 지긋한 사람일 거라 짐작했는데 상상 밖의 주인이 나타난 것이었다. 큰 키에 귀밑까지 내려오는 단발머리, 낡은 청바지와 길게 늘어뜨린 머플러까지 고택과는 전혀 어울리지 않는 사람이었다.

재우는 연재물을 읽고 집까지 찾아온 사람은 처음이라면서 신이 나 있었다.

"내가요, 정수 스님의 이야기는 겨울까지 꽁꽁 아껴두었지요. 그리고 거지 여인과 아기에게 입고 있던 옷을 벗어주는 장면을 쓸 때는 자정을 기다려 옷을 벗고 황룡사까지 직접 걸어가 봤습니다. 날씨가 너무 추워서 얼어 죽을 뻔했는데 누가 봤으면 아마 미친놈이라고 신고했을 겁니다."

"옷을 벗었다고요."

"아니, 속옷은 입었지요."

"아휴 놀라라. 다 벗은 건 아니었네요."

그는 재미있다는 듯이 하하, 웃었다.

곡두는 어쩌면 재우의 그런 열정적인 글쓰기가 발길을 이쪽으로 향하게 했구나 싶었다.

'수오재'라는 작은 현판이 붙어 있는 고택을 둘러보며 곡두는, 그가 부모님이 물려준 집을 관리하는 모양이라고 짐작했다. 하지만 한옥을 복원하고 있다는 재우의 말을 듣고 내심 놀랐다.

"그런 일은 정부 차원에서 하는 게 아닌가요?"

"전혀 아닙니다."

재우는 머리를 저으며 마산 황부자 고택 두 채를 사들여 재현했다고 설명했다. 말을 듣고 보니 서까래 이음 부분에서 본래의 모습을 훼손하지 않으려고 애쓴 흔적들이 눈에 들어왔다. 언젠가 고택을 복원하는 것은 새로 짓는 것보다 돈이 더 들어간다는 말을 들은 것 같았다. 취미로 보기에는 거창하기 짝이 없고 장사라기에는 전혀 승산이 없어 보였다.

그런 곡두의 속마음을 짐작했는지 재우가 설명했다.

"요즘은 쉽게 집을 지을 수 있지만 고택은 그게 아니잖아요. 내가 옛날 집을 좋아하는 이유도 있지만 사람들에게 한옥의 아름다움을 보여주고 싶다는 문화적 사명감 같은 것도 많이 작용했지요."

곡두는 이런 유형의 사람들은 대부분 자기 고집이 있고, 세상 물정이 어둡다는 것을 알고 있었다. 그날 이후로 곡두는 재우의 팬이 되었고, 우정을 나누게 되었다.

곡두가 당시 즐겨 읽었던 연재물들은 일 년 뒤에 책으로 발간되었는데, 재우는 기행 전문가로 소개되어 있었다.

두 사람은 경주에서 열린 환경단체 행사장에서 다시 만났다. 곡두는 그때부터 주변 사람들에게 수오재를 소개하기 시작했다.

그런 곡두가 다시 수오재를 방문한 것은 지난해 초였다. 고택을 구경하고 싶다던 친구가 따끈한 구들방을 보더니 하룻밤 자고 가자며 곡두를 졸랐다.

갑자기 시간이 넉넉해진 두 사람은 재우의 안내를 받아 산책을 나섰다. 집 뒤편으로 이어진 울창한 소나무 숲길을 따라 올라가니 능금 같이 붉은 해가 남산 봉우리에 걸려있었다. 재우는 이 모든 것이 자기 소유라며 허세를 부렸다.

"책이 나온 뒤로 수오재를 찾아오는 사람들이 많아졌어요. 복원한 고택도 고택이지만 세상을 거꾸로 사는 놈을 한번 보고 싶은가봐요. 그렇다면 성공한 것이 아닙니까?"

"맞아요. 저도 그때 선생님 글을 읽으면서 어떤 사람인지 궁금했어요."

두 사람이 주고받는 말을 듣고 있던 친구가 고개를 갸웃거렸다.

"하지만 요즘 이런 집에서 살겠다는 사람이 있나요? 이렇게 한 번씩 머물다 가는 것은 좋지만 생활하기에 불편한 게 너무 많고…."

"모두 그렇게 말하지요. 하지만 조금 불편한 게 있어야 사람 사는 맛이 나지 않겠어요. 아무튼 지금은 흙과 나무로 지은 한옥은 거의 사라졌지요. 게다가 수리하는 과정에서 대부분 집이 이상하게 변했고요. 나는 잘 지은 고택을 보면 최고의 예술공간이라는 생각이 들어요. 그리고 집을 되살려야 된다는 사명감 같은 것을 느껴요. 세상이 아무리 발전해도 우리에게는 근원적으로 회귀하려는 본능이 있고 그 도달점은 결국 자연이 아닐까요. 생활이 편리해지고 첨단화될수록 사람들은 이런 집을 그리워할 겁니다."

"집을 지으려면 설계부터 벽돌과 창틀 하나까지 모두 남의 손을 빌려야 하는데 문제는 돈이 아니겠어요? 그러니 우리 같은 서민들에게는 이룰 수 없는 꿈일 수밖에요. 대부분의 사람들은 이리저리 재다가 결국 닭장 같은 아파트로 들어갈 수밖에 없고….'

친구의 말에 재우가 소리 내어 웃었다.

"그래도 고택의 가치를 알아보고 쉬어갈 줄 아는 두 분은 자유인이라 할 수 있지요."

궁금증이 많은 친구가 작은 현판을 가리키며 뜻을 물었다.

"수오재는 무슨 뜻인가요?"

"나를 지키는 집이라는 뜻입니다. 다산의 큰 형님인 정약현이 자신의 집에 붙였던 이름인데 천하의 물건들은 지킬 것이 없지만, 마음은 잘 지켜야 한다는 말이지요."

"아하, 그런 뜻이었군요."

"젊을 때 무엇으로 나를 지킬 것인가 고민한 적이 있었어요. 그러다가 한옥에 마음이 꽂혔지요. 우리나라 문화재는 주로 목재로 되어 있는데 그 속에 숨어있는 사람들의 이야기를 꺼내 보고 싶었어요. 그래서 연고도 없는 경주로 내려왔지요. 문화재와 유적이 많아서 역사적인 파편들을 쉽게 만날 수 있으리라 생각했어요. 몇 달 동안 조건에 맞는 곳을 찾아다니다가 여기에 자리 잡았습니다."

그 조건이라는 것은 하나같이 현실과 동떨어진 것들이었다.

첫째 영원히 개발되지 않을 곳, 둘째 저녁노을을 볼 수 있는 곳, 셋째 눈을 감으면 신라인들이 타고 달리던 말발굽 소리가 들릴 것 같은 들판이 있는 곳 등.

그는 수오재 바로 인근에 효공왕릉이 있어서 개발될 염려가 없고 집 뒤에 있는 솔밭으로 올라가면 석양을 볼 수 있으니 이보다 더 좋은 곳이 있겠느냐고 거드름을 피웠다.

"보시다시피 나는 이렇게 매일 왕과 노는 놈이지요."

그는 큰소리를 쳤지만, 곡두는 따라 웃지 않았다. 일을 하다 보면 현실적으로 피눈물 날 때가 한두 번이 아니라는 말을 들은 적이 있기 때문이었다. 완성된 고택이야 돈으로 환산할 수 없는 가치가 있을지 모르겠지만 활용할 창구는 전혀 없어 보였다.

곡두가 슬쩍 화제를 돌렸다.

"선생님 가족들은 어디서 살아요?"

"집사람이 학교에 근무해서, 먹고사는 일과 아이들 교육은 해결이 되지요. 이제 아이들도 어느 정도로 성장했고요. 현실적으로 가족들을 힘들게 한 것은 사실이지만 모두 나를 이해해 주고 서로 아끼는 마음이 있으니까…."

가장의 역할을 제대로 못 했다는 말로 들렸다.

그래도 요즘은 고택에서 묵고 가는 사람들이 있어서 수입이 생긴다고 했다. 고택이 좋다는 이유로 계산 없이 경주로 내려온 그는 이제 민박집을 운영하면서 신라의 역사와 문화를 전달하는 사람으로 거듭난 셈이었다.

그로부터 얼마 지나지 않아서 곡두는 재우의 전화를 받았다.

"곡두 씨, 제가 내일 강의하러 가는데 재능 기부 한번 해주실 수 있나요?"

식이요법으로 암환자들을 치료하는 곳에 자원봉사를 다닌다는 말을 들은 기억이 나면서 기행 전문가는 어떤 식으로 가르치는지 궁금했다.

다음 날, 배냇골에 있는 자연의 집에 도착했을 때 스무 명 정도의 사람들이 기다리고 있었다. 대부분 창백한 얼굴에 모자를 쓰고 있는 것으로 보아 항암 치료 중이거나 부작용을 겪고 있는 것으로 짐작되었다.

재우는 직접 찍은 탑이나 불상, 사찰 등의 사진을 스크린에 띄어 보여주면서 특유의 느린 말투를 이어 나갔다.

"다들 아시겠지만, 사람은 지식이나 정보만 가지고 살 수 없는 존재입니다. 밥 먹고 화장실에 가는 것처럼 우리 내면에도 끊임없이 채워주고 배설해야 하는 것들이 있어요. 그런 욕구에 귀를 기울이고 알아차릴 필요가 있지요. 저는 예술 작품에 여백이 있어야 하는 것처럼 사람도 좀 빈구석이 있어야 한다고 생각해요. 그런데 우리는 너무 열심히 사느라 정작 자신이 무엇을 원하는지 모르는 경우가 많아요. 시 한 편 읽을 시간이 없고 별 한 번 올려다볼 겨를도 없는 삶은 얼마나 삭막하고 건조할까요? 여러분들은 그렇게 내달리다가 여기까지 오신 거 아닌가요? 원인을 알면 치유는 간단합니다. 마음이 하는 소리를 잘 들어주면 몸은 따라오게 되어 있으니까요."

그는 노란 은행잎이 수북이 떨어져 있는 사진을 화면에 띄웠다.

"은행이파리 주워서 책갈피에 말려 본 사람?"

하면서 팔을 들어올렸다. 아무도 손 드는 사람이 없자 그는 거침없이 말했다.

"아이고, 그러니까 다들 이런 병에 걸렸지…."

순간, 곡두는 가슴이 뜨끔했다. 암 환자들 면전에서 저렇게 말을 하다니.

한동안 침묵이 흘렀다. 누군가가 훌쩍거리며 울고 있었다. 한참 동안 눈을 감고 있던 재우가 아이를 달래는 것처럼 낮게 말했다.

"병에 걸렸다는 것은 몸이 관심을 가져 달라고 보내는 신호입니다. 들어주지 않으니까 이런 식으로 응석을 부리는 거 아닐까요. 그러니까 한 번씩 마음이 하는 소리에 귀를 기울이세요. 그런 뜻에서 올해는 은행잎이 물들기를 기다렸다가 책갈피에 넣어 말리는 겁니다. 그리고 가장 예쁜 것으로 골라서 사랑하는 사람들에게 보내주세요. 알았지요?"

여기저기서 예! 하는 소리가 들렸다.

곡두는 그날 동요를 부르는 것으로 무대를 열었다.

"우리 모두 함께 큰 목소리로 노래합시다."

곡두가 기타를 치며 '퐁당퐁당'을 부르기 시작하자, 사람들이 언제 그랬냐는 듯이 손뼉을 치면서 좋아했다.

돌아오는 길에 재우가 말했다.

"곡두 씨, 목소리에 사람 마음을 사로잡는 힘이 있어요."

"그들에게 도움이 되었으면 좋겠어요. 그런데 선생님 통화 연결음도 참 듣기 좋아요."

"아, '섬집 아기'요? 제가 그걸 컬러링으로 쓰게 된 계기가 있어요. 그러니까 우리 가족이 경주에 내려와서 함께 살 때였는데 어느 날 다섯 살짜리 딸이 잠을 자고 있었어요. 직장에 간 아내는 해 질 녘이 되어도 오지 않고 나는 아내를 기다리며 마루에서 단소를 불고 있었죠. 그런데 곡을 다 끝내고 눈을 떠보니 딸아이가 내 앞에 앉아서 눈물을 뚝뚝 흘리고 있는 겁니다. 내가 놀라서 왜 우냐고 물었더니 '아빠, 너무 슬퍼요.' 하면서 엉엉 울지 뭐예요."

"세상에, 그 노래가 '섬집 아기'였군요."

"예, 그때부터 이 노래를 좋아하게 되었어요. 돌아보면 나도 해질 무렵이면 까닭도 없이 슬퍼지고 눈물이 났던 기억이 있어요."

"그렇군요. 우린 모두 다르지만 내면은 같다는 말이네요."

곡두는 고개를 끄덕이며 속으로 말했다.

8

회상

사내아이가 마당으로 들어서는 것을 바라보며 부산댁은 고개를 갸우뚱했다. 신라 화랑의 옷차림이 마치 드라마 촬영이라도 하다가 온 것 같았다.

호세가 조심스럽게 물었다.

"할머니, 안녕하세요. 혹시 한별이 집이 어딘지 아세요?"

"한별이라고? 가만있자, 아이가 있는 집이라면 저 빨간 벽돌집을 말하는 것 같은데… 젊은 부부가 이사 왔다는 말은 들었지만, 그동안 너무 바빠서 본 적이 없었네."

그녀는 마을 끝 언덕 위에 자리 잡은 단층집을 가리키며 말했다.

"고맙습니다. 저는 그만 가볼게요."

호세가 꾸벅 절을 하고 돌아섰다.

"잠깐만⋯ 애야, 너는 어디서 왔냐?"

부산댁이 물었다.

"케플러."

호세는 아차 하며 손바닥으로 입을 막았다.

"무슨 아파트라고?"

남다른 에너지를 감지하며 부산댁은 고개를 갸웃거렸다.

"네 이름이 뭐냐?"

"호세라고 해요."

호세가 대답하는 것과 동시에 부산댁의 눈앞에 남편의 얼굴이 떠올랐다. 그 사람의 이름을 듣는 게 얼마 만인지 몰랐다.

"호세라고? 좋을 호에 세상 세 자를 쓰냐?"

"예, 맞아요. 어떻게 아세요?"

"나와 가장 가까웠던 사람도 너와 같은 이름이었단다."

그와 함께 부산댁은 잠시 생각 속으로 빠져들었다. 돌아보면 어린 남매를 두고 남편이 교통사고로 세상을 떠나자 사람 노릇 못하겠다는 말을 들을 정도로 몸과 마음을 앓았었다. 병원에 가도 병명이 나오지 않는 중에 친척의 권유로 굿을 했더니 거짓말처럼 병마에서 벗어났다. 그를 계기로 무당들과 인연을 맺고 그들의 뒷바라지를 하는 일로 생계를 꾸려나갔다.

부산댁이 수정마을로 이사를 오기까지 그들에게 들은 말이 많이 작용했다. 땅의 기운을 알아보는 무속인들은 언양 지역이 특별한 지기를 가지고 있다는 말을 자주 했다.

"지리적으로 보면 한반도 등줄기가 하늘로 승천하는 용의 형상을 하고 있거든. 그 용은 고구려 영토였던 홍안령에 머리를 두고 태백산맥을 지나 방어진 부근에서 마무리되는 거야. 그리고 이 수정마을은 용의 꼬리 중에서도 가장 끝부분에 해당하지.

명상가와 예술인들이 영감을 얻기 위해 미국 세도나로 많이 가는데, 사실 이 간월산 자락도 그에 못지않게 기운이 특별한 땅이야. 본바탕은 자수정 광맥으로 형성되어 있고 그 위를 붉은 황토가 덮고 있으니 좋을 수밖에… 자수정은 동서양을 막론하고 치유 효과가 있다고 알려진 보석이거든. 하지만 아무리 좋은 땅에 살고 싶어도 인연이 닿지 않으면 불가능한 일이야."

부산댁은 이 지역을 중심으로 통도사와 석남사, 운문사와 원적사 등 크고 오래된 사찰이 많은 이유를 이해할 수 있을 것 같았다. 그리고 그들의 말을 염두에 두고 살다 보니 어느 날 문득 공간 이동이라도 하는 것처럼 수정마을에 정착하게 되었다고 믿었다.

사람들의 이면과 문제점들이 보이기 시작했을 때 함께 일하던 무속인들이 신내림을 받으라고 부추겼다. 하지만 부산댁은 풍수지리나 명리학을 공부하는 쪽으로 스스로 삶의 방향을 바꾸었다. 한학자였던 아버지의 어깨너머로 배운 한문 공부가 그 길을 가도록 만들어준 셈이었다.

철학관 간판을 걸고 운수를 봐주기 시작하면서 큰 어려움 없이 아이들의 뒷바라지를 하고 결혼도 시킬 수 있었다. 이삿날을 받아주거나 이름을 지어주는 일들은 생각 외로 수입이 좋아서 여전히 용돈벌이 정도는 가능했다.

부산댁은 음력 초하루가 되면 감포 바닷가에 있는 문무왕릉으로

가서 치성을 드리고 보름날에는 진성산 자락에 있는 원적사를 찾아
갔다. 그리고 그곳에서 한 비구니를 만났으니 바로 지우 스님이었
다. 스님은 부산댁을 보면 이가 드러나도록 환하게 웃었다. 가끔 처
소에서 차를 대접하면서 선방에만 있다가 사찰 산감의 소임을 맡은
지 얼마 되지 않았다는 개인적인 이야기도 들려주었다.

　스님은 산청에서 태어났으며 여고를 다닐 때까지는 읍내에 있는
성당에 다녔다고 했다. 그러다가 우연한 기회에 원효의 <대승기신
론소>를 읽고 출가를 결심하게 되었다고 했다.

　"원효 스님이 어떤 말씀을 하셨기에?"

　"누구나 불성을 가지고 있고 깨달음은 특별한 사람에게만 일어나
는 것이 아니라는 말씀이었지요."

　"저도 그런 말을 들은 적이 있어요."

　"맞아요. 하지만 그냥 아는 것과 내 것이 되는 순간은 다르더라
고요."

　"스님, 무슨 말씀인지 알겠어요. 저도 그런 경험이 있으니까요."

　시간이 지나면서 두 사람은 속마음을 터놓는 사이로 발전했다.

　"스님, 저는 제 직업이 업보를 만드는 일이 아닌가 하는 생각이
들 때가 있어요. 사람이 어떻게 사람의 길흉화복을 점칠 수 있으며,
내 앞가림도 못하는데 고난에 빠진 사람을 어떻게 안내할 수 있을까
싶어서요."

　"보살님, 살다 보면 방편이 필요한 때가 있어요. 그러니 찾아오는
사람들의 고충을 상담자 입장으로 들어주는 것이 좋겠지요. 물에 빠
진 사람이 지푸라기라도 잡는다는 말도 있잖아요. 보살님의 좋은 말

한마디가 그들에게 큰 힘이 될 수 있다는 것을 잊지 마세요. 사람마다 자기 역할이 있고 보살님은 그 역할을 아주 잘하고 있다고 생각해요."

"그 말씀을 들으니까 조금 위로가 되네요."

"사실은… 어릴 때 한마을에 살던 고향 친구가 있어요. 그런데 그 애 어머니가 저를 참 예뻐해 주셨지요. 보살님이 그분과 너무 닮아서 착각할 정도랍니다."

"아, 그래서 처음 만났을 때 그렇게 환하게 웃으셨군요."

부산댁은 연유를 알았다는 듯이 고개를 끄덕였다.

"몇 년 전에 그분이 돌아가셨다는 연락을 받고 고향에 다녀왔어요. 그때 사흘 동안 빈소를 지키면서 염불공양을 올리고 왔는데 다음 날 보살님을 만났으니 그분이 살아오셨나 싶었어요. 그때 잠시 속가 어머니를 뵙고 왔지요. 우리 어머니는 지금 고향집에 홀로 계신답니다. 사실 수행자는 현실적으로 사람 도리를 못 하는 경우가 많아요."

부산댁은 고개를 끄덕였다.

"어머니로서는 딸이 머리를 깎았다면 늘 마음에 걸리지 않겠습니까?"

"저도 어머니를 생각하면 미안하고 가슴이 아파요. 그리고 제가 굉장히 이기적인 사람이라고 생각한답니다. 알고 싶은 것이 너무 많아서 승려가 되었거든요. 하지만 깨달음은 아는 것과 전혀 다르다는 것을 알았어요. 아무튼 저는 보잘것없이 보이는 작은 생명체조차도 그 가치를 인정하고 존중해 주는 것이 사랑이 아닐까 생각해요."

"맞아요. 그렇지만 스님, 저는 뱀은 정말 싫어요. 나이를 이만큼 먹었는데도 발이 많거나 반대로 아예 없는 것들은 왜 그렇게 무섭고 징그러운지…."

부산댁이 진저리를 치는 시늉을 하자 스님이 목소리를 낮추면서 속삭였다.

"보살님, 사실 제가 며칠 전에 사진을 찍으러 가다가 풀 속에서 큰 뱀을 밟았거든요."

"아이고 세상에, 뱀을 밟았다고요?"

"다행히 물리지는 않았는데 얼마나 놀랐던지 도망을 쳤지요. 한동안 정신없이 뛰다가 등산객들과 마주치는 바람에 정신을 차렸답니다."

"뱀은 또 얼마나 놀랐을까요?"

"맞아요. 그날 제가 깨달은 게 있었어요. 뱀을 밟은 그 짧은 순간 제 머릿속에 알게 모르게 입력되어 있던 뱀에 대한 부정적인 생각들이 한꺼번에 작동되는 것을 경험했어요. 그 뒤로 몸과 감정이 하는 일은 다르다는 것을 알게 됐고요. 배가 고프거나 몸이 아픈 것들은 수행으로 해결되는 문제가 아니잖아요. 결론적으로 내가 할 수 있는 일과 해서는 안 될 일을 잘 구별하는 것이 중요하다는 것을 알았지요. 우리는 모든 것을 자기의 관점으로 보고 행동하잖아요. 하지만 왜곡되는 경우가 얼마나 많겠어요."

"맞아요. 몸이 만들어내는 것은 다 자연으로 환원되는데 잘못된 생각은 독이 될 수 있지요. 무심코 내뱉은 말이 누구에겐가 비수로 작용할 수 있고요."

"세상에, 보살님 표현이 법문 같아요."

"아이고, 법문이라니요?"

두 사람은 그렇게 조금씩 가까워졌다.

부산댁이 알고 있는 스님은 야생초를 가꾸거나 사진 찍는 등 예술적인 기질이 다분하지만, 세속 일에는 관심이 없는 평범한 수행승이었다. 그래서 신문이나 방송에서 스님에 대한 기사가 나와도 일이 그런 방향으로 흘러갈 줄은 상상조차 못 했었다.

청와대 앞에서 발원문을 읽을 때만 해도 부산댁은 습지에 대한 환경평가가 우선이라는 스님의 요구가 당연히 받아들여질 거라고 믿었다. 그러나 목숨을 건 단식이 몇 차례나 이어지는 동안 여론은 전혀 예상하지 못했던 방향으로 흘러갔다.

철도공단과 언론들은 스님을 국책사업을 방해하는 훼방꾼으로 몰아갔으며, 그 영향을 받은 사람들은 입에 담기 힘든 욕설을 퍼붓거나 인신공격을 계속했다.

어느 날 스님은 부산댁에게 속내를 털어놓았다.

"보살님, 차라리 내 귀를 막아버리고 싶어요."

"그러니까요. 스님, 세상일은 그냥 사람들에게 맡기시고 스님은 수행만 하셔요."

"보살님, 이게 어찌 남의 일인가요? 우리는 모두 연결되어 있는데… 조금만 인식을 바꾸면 같이 살아갈 수 있는 일인데….""

결국 스님은 모종의 결심을 한 것 같았다.

사찰에서 나와 거처를 동문의 개인 수행 공간으로 옮긴 스님은 100일이 넘도록 단식을 이어 나갔다. 그 결과 중환자실로 옮겨졌다.

하지만 치료를 거부했고 담당 의사는 이런 상태로는 소생을 하더라도 영구적 장애가 남을 가능성이 크다고 했다.

부산댁은 스님이 목숨을 버리기로 작정했다는 것을 알아차렸다. 하지만 그녀가 할 수 있는 일은 아무것도 없었다. 다만 부처님 앞에서 기도하고 새벽바람을 안고 문무왕릉으로 달려가서 치성을 드리는 것이 전부였다.

"부처님, 우리 스님을 살려주세요. 대왕님, 부디 스님을 도와주세요."

간절한 기도 덕분이었는지 스님은 죽지 않았고 그런 중에 고속철도는 완성되었다. 철도가 개통되는 것과 함께 스님에 대한 기사들은 거짓말처럼 모두 사라졌고 연일 비판을 쏟아내던 언론들도 조용해졌다. 결국 스님에겐 국책사업을 방해했다는 소리와 함께 국가에 엄청난 손해를 끼쳤다는 낙인만 남았다.

한동안 은둔 생활을 계속하던 스님은 어느 날 허위 기사를 쓴 신문사를 상대로 소송을 벌이겠다고 말했다. 맨손으로 호랑이를 잡겠다는 것보다 더 무모한 일이라 여긴 부산댁은, 펄쩍 뛰면서 소리를 높였다.

"아이고 스님요, 제발 그만하세요. 고집도 때와 장소를 봐가면서 부려야지요. 도대체 어떻게 감당하시려고 이러십니까?"

스님이 조용하게 말했다.

"보살님, 오랜 기도 끝에 내린 결론입니다. 앞으로 제가 가야 할 길이 험난하겠지만 더 이상 감당하지 못할 일이 어디 있겠습니까?"

그 뒤 스님은 댐 건설 중인 현장에 나타났다. 그때가 바로 환경운동가로 탈바꿈하던 시기였다.

"보살님, 이 마을에서 대대로 살아온 사람들이 개발업자들보다 자연에 대해서 훨씬 많은 것을 알고 있어요. 강의 범람을 막아야 한다고 주장하지만, 주민들은 여름에 한 번씩 일어나는 홍수가 지극히 자연스러운 현상이라고 여기고 있어요. 큰물이 넘치면 농작물이 피해를 입겠지만, 다른 한편으로는 토지가 넓어지고 기름지게 되어 있어요. 그런데 이들은 하나같이 강 정비가 필요하다고 주장해요."

"스님, 그게 모두 돈과 연결되어 있는 일이잖아요."

"맞아요. 그러니까 돈과 전혀 관계없는 제가 나서는 것입니다. 강이 저렇게 죽어가고 있는데 모두들 입을 닫고 있잖아요. 나는 이제야 제가 출가한 이유를 알게 됐어요. 뭇 생명들이 죽어가면서 지르는 비명을 세상에 전달하라는 뜻이었어요."

"그래도 스님, 제발 한 번만 더 생각해 보세요. 그런다고 중단할 일이 아닙니다."

"보살님 마음 알아요. 그리고 고마워요."

"그래도 스님…."

"알아요. 정말 고마워요."

두 사람은 손을 맞잡고 계속 같은 말을 주고받았다. 그때부터 스님은 공사장을 돌아다니며 개발 현장에서 일어나는 일들을 사진과 영상으로 남기기 시작했다.

"나는 이 기록들이 언젠가는 진실을 말해줄 것이라 믿어요. 이 나라 산천이 어떻게 파괴되었고 무엇이 어떻게 사라졌는지… 그리고 자연이 그렇게 망가지는 것을 막기 위해 누군가가 노력하고 있었다는 사실도요. 그 역할이 저에게 주어졌으니 받아들일 수밖에요."

부산댁은 스님에게 그 일이 주어졌다면 자신은 스님을 뒷바라지하는 일을 해야겠다고 마음먹었다. 그리하여 매일 새벽, 약수터에 올라가서 물을 떠왔다. 맑은 물 한 그릇을 장독대 위에 올려놓고 자신과 인연 닿는 사람들이 무탈하기를 빌었다.

세상은 급격하게 변하고 있었다. 사주를 뽑거나 길흉화복을 점쳐주며 살아왔는데 그 일까지도 스마트폰이 대신하는 시대가 되면서 손님들의 발길이 뜸해졌다. 사람들은 오랫동안 전해 내려오던 의식이나 풍습보다 새롭고 편리한 것에 환호하고 길이 들여지는 것 같았다.

"세상이 어떻게 되려는지…."

상념에서 벗어났을 때 호세는 이미 눈앞에 없었다.

"참 이상한 일이다."

그녀는 빨간 벽돌집을 올려다보면서 중얼거렸다. 예사롭지 않은 아이라는 것은 첫눈에 알아보았지만, 생각이 뜬금없이 왜 스님에게로 옮아갔는지 모를 일이었다.

"호세라… 내일은 저 집으로 한번 올라가 봐야겠다."

그녀는 한별이의 부모를 만나 통성명이라도 해야겠다고 마음먹었다.

9

운석

한별이는 손바닥에 올려놓은 돌을 찬찬히 들여다보았다. 짙은 초록색의 표면에 부드러운 홈이 하나 있는 작은 돌이었다. 돌을 발견한 것은 지난 3월 초였다. 아버지가 텃밭을 만들기 위해 삽으로 마당 한쪽 땅을 갈아엎고 있었다.

"이 정도만 해도 우리 식구가 먹을 채소는 충분히 나올 거야."

그때 흙더미에서 돌을 골라내는 일을 돕다가 우연히 집어 든 돌이었다. 흙이 많이 묻은 것으로 보아 오래전부터 땅속에 있었던 것 같았다.

수돗가에서 깨끗하게 씻었더니 생각했던 것보다 색깔이 예뻤다. 만지작거리는 재미가 있는 돌멩이는, 손때가 묻으니 반질반질 윤기가 났다. 그러던 어느 날 문득 펜던트로 만들어 엄마에게 생일 선물로 주면 좋겠다는 생각이 들었다. 목걸이를 만들려면 곡두 이모의 도움이 필요한데 얼굴을 못 본 지가 꽤 오래되었다.

한별이가 전화를 걸었을 때 곡두가 말했다.

"한별아, 우리 텔레파시가 통했구나. 안 그래도 내일 올라가려고 마음먹고 있었거든."

은별이가 다시 병원에 입원을 해서 엄마가 집을 비운 상태였다.

지난해 초겨울 그들 가족은 은별이가 백혈병에 걸렸다는 사실을 알았다. 동생에게 왜 그런 병이 생겼을까? 한별이는 가끔 자기가 대신 아프면 좋을 것 같다는 생각을 했다.

시골로 이사 올 때 아빠는 여러 걱정을 했지만, 은별이의 병이 나을 수 있다면 무슨 일이든 하겠다고 말했었다. 동네는 사람이 많은 편이 아니었고 또래 아이는 학교에 갔는지 보이지 않았다. 가끔 같은 반 친구들이 그리워지면 마루에 앉아서 부산이라 짐작되는 쪽을 바라보았다. 밤에는 하늘에 떠 있는 별을 보면서 외로움을 달랬다. 엄마가 휴대전화를 사주었지만 그다지 사용할 일도 없었다.

그날 밤늦게 돌아온 아빠의 눈자위가 붉게 물들어 있었다.

"아이고, 우리 아들이 공부를 하고 있었구나. 혼자 무섭지 않았니?"

"아빠, 공부하느라 시간이 이만큼 되었는지 몰랐어."

한별이가 고개를 저으며 말했다.

"그런데 은별이는 좀 나아졌나요?"

고개를 끄덕이는 아빠의 얼굴이 많이 슬퍼 보였다.

그날 밤 한별이는 밤하늘을 올려다보며 동생이 빨리 낫게 해달라고 기도했다. 그런 탓인지 며칠 뒤, 퇴원해도 된다는 소식을 들었다. 은별이가 건강해지면 집 가까이 있다는 자수정 동굴로 놀러 가고 싶었다.

그런 생각들을 하고 있는데 자기 또래로 보이는 사내아이가 대문을 밀며 들어섰다. 호세였다. 그의 어깨 위에 있던 참새가 담장 위로 자리를 옮겨 날갯짓했다.

"고마워. 내일 아침에 보자."

호세가 손을 흔들자 참새가 알아들었다는 듯이 날아갔다.

"안녕, 한별아. 오랜만이구나."

호세가 어른처럼 악수를 청하자 한별이는 고개를 갸우뚱했다.

"난 너를 처음 보는데?"

"우린 친구야."

"친구라고?"

호세가 고개를 끄덕이면서 한별이 옆에 와 앉았다. 그러고는 손에 쥐고 있는 돌멩이에 눈길을 주더니 주머니에서 무언가를 꺼냈다.

"어, 내 거랑 똑같은 돌이네. 넌 이걸 어디서 주웠니?"

"이 돌은 이천 년 전 서라벌에 떨어졌던 운석이란다."

"서라벌? 운석?"

두 개의 돌은 색깔이나 크기가 비슷했다.

"이것은 신라 남해왕이 가지고 있던 돌이야. 그분은 지금 북극성에 계시지."

"북극성? 난 저 텃밭에서 주웠는데…."

호세는 한별이가 가진 돌을 가리키며 말했다.

"그 돌이 너를 기다리고 있었던 거야."

"그게 무슨 말이지?"

"가만히 생각해 봐. 기억나는 게 있을 거야."

호세가 손을 잡으면서 속삭였다. 한별이는 갑자기 마음에 짚이는 것이 있어서 웃는 얼굴로 물었다.

"혹시, 너 오늘 새벽에 저 산봉우리에 있는 무지개를 봤니?"

호세가 고개를 끄덕였다.

"그래? 날개가 달린 하얀 말도?"

"응, 내가 타고 온 천마란다."

"그 말을 타고 왔다고? 그런데 우리 언젠가 만난 적이 있지?"

호세가 한별이의 눈을 들여다보며 말했다.

"수품아, 우린 오랜 적부터 친구란다."

수품이라는 말을 듣는 순간 한별이의 머릿속에서 자신이 화랑의 복장을 하고 호세와 함께 말을 타고 달리는 모습이 불쑥 떠올랐다. 그러나 더 이상 생각나는 것이 없었다.

호세는 한별이와 마루 끝에 나란히 앉아서 자기가 이곳에 온 이유를 말해주었다.

"별에서 왔다고?"

한별이가 호기심이 가득한 얼굴을 하면서 말했다.

"야, 재미있겠다. 그건 모험이잖아."

"하지만 그리 간단한 일도 아니란다."

"열쇠가 있는 장소만 알아내면 될 것 같은데?"

호세는 목소리를 낮추었다.

"그건 그래. 방해 세력만 나타나지 않으면 쉽게 찾을 수 있어."

"방해 세력?"

"그래, 욕심이 많은 사람을 만나면 일이 꼬이고 힘들어져…."

한별이는 고개를 끄덕였다.

"하긴, 만화나 영화에도 항상 나쁜 사람들이 나오잖아."

"맞아, 자기밖에 모르는 사람을 나쁜 사람이라고 하지."

"엄마가 그러는데 세상에는 좋은 사람이 훨씬 더 많다고 했어."

"그래, 조화로운 사람을 두고 좋은 사람이라고 말하거든. 그 말은 옛날부터 우리가 사용해 온 표현이란다."

"와! 너는 정말 아는 것이 많구나."

"자기에게 이익이 된다면 무슨 짓이라도 하는 사람이 바로 악이고 방해 세력이야. 지금 우리에게는 좋은 사람이 꼭 필요해."

"알았어. 내가 찾아볼게."

한별이는 자기가 아는 사람들을 모두 떠올려 보았다. 하지만 일을 도와줄 사람은 부모님과 곡두 이모밖에 없다는 생각이 들었다.

10

만남 1

"뭐라고? 한 번 더 말해 봐."

곡두가 두 아이의 얼굴을 번갈아 보면서 장난기 가득한 표정으로 웃었다.

"…."

호세와 한별이는 입을 다물고 이모의 얼굴을 바라보았다.

"호세야. 네가 SF 영화를 좋아하는 모양이구나. 사실 소행성과 지구의 충돌을 소재로 한 영화나 소설은 그동안 엄청 많이 나왔지. 초대형 혜성과 충돌하는 바람에 지구 환경이 급격하게 달라졌다는 말이 있고, 바뀐 환경에 적응하지 못해 공룡이 멸종했다는 설도 있고… 하지만 어디까지나 추정일 뿐이지 어떻게 확인할 수 있겠니. 상상력이 풍부하다는 것은 좋은 일이야. 그래서 SF 영화들이 인기가 있는 거고⋯ 얼마 전에 나도 <그린랜드>라는 영화를 봤는데 역시 그런 내용이거든. 초대형 혜성이 48시간 뒤에 지구와 충돌해서 절반이 날아간다는 줄거리인데 설정 자체가 재미있잖아."

"이모, 이건 영화나 소설이 아니고 지금 진행되고 있는 일이에요⋯ 그리고⋯."

곡두는 호세의 말을 가로막았다.

"걱정하지 마. 전 세계 우주 과학자들이 지켜보고 있으니까. 물론 나는 네가 그런 말을 하는 이유는 충분히 알고 있어, 상식이 있는 사람이라면 지구가 지금 얼마나 심각한 상태인지 걱정하고 있으니까. 마치 브레이크가 고장 난 자동차가 낭떠러지를 향해 전속력으로 달리는 것과 같은 형상이잖아. 다른 건 다 제쳐두고 오늘도 미세먼지와 전염병 때문에 종일 마스크를 쓰고 다녔어. 최첨단을 살아가는 문명 시대에 말이지. 전염병은 방역을 잘하면 언젠가는 잡히기 마련이지만 기후 변화는 이미 재난의 수준을 넘어 섰단다. 우리가 언제까지 이런 공기를 마시면서 살 수 있겠니? 그래도 아직은 괜찮아. 망가진 것이 너무너무 많지만 지켜내어야 할 것은 더 많으니까⋯ 세계 곳곳에서 그런 일을 하느라 사투를 벌이는 사람들도 있고⋯."

호세가 혼잣말처럼 중얼거렸다.

"늦었어요. 지구는 지금 돌연사를 할 수밖에 없는 상황에 와 있는 걸요."

"⋯?"

곡두는 아이의 입에서 나올 말이 아니라는 생각에 속으로 놀랐다.

"이모, 사투가 무슨 말이야?"

한별이가 물었다.

"목숨을 내놓고 싸운다는 뜻이란다. 너희들 혹시 그린피스라는 말 들어봤니?"

아이들이 고개를 흔들었다.

곡두는 스마트폰으로 검색한 내용을 소리 내어 읽기 시작했다.

"내가 읽어줄 테니 잘 들어봐. 국제 환경 보호 단체인 그린피스는 1970년 캐나다 밴쿠버에서 결성됐다. 미국 알래스카주 암치카섬에서 벌어질 핵실험을 반대하기 위해서였다. 그 뒤로 멸종 위기에 있는 동물을 포획하는 것을 막고 원자력발전소 건설 반대 운동 등을 하고 있다. 또한 원시림과 해양 보호, 기후 변화 방지, 유전자 조작을 못 하도록 하는 등등의 다양한 활동을 한다. 그린피스 대원들은 고래를 잡는 포경선을 방해하고 오염 시설을 망가뜨리는 등 직접적인 행동 방식을 취하고 있다. 또한 환경문제의 심각성을 알리기 위해 텔레비전이나 신문 등 대중 매체를 적극적으로 활용한다."

곡두는 시선을 들어 호세를 바라보았다.

"호세야, 이런 게 그린피스 대원들이 하는 일이란다. 우주에서 왔다면 이 정도는 알고 오는 게 기본인 것 같은데, 안 그래?"

하면서 휴대전화 화면을 밀어 올렸다.

"그린피스는 160여 개의 국가에서 5백만 명 이상의 회원들이 내는 기부금으로 운영되는 환경 단체다. 본부는 네덜란드의 암스테르담에 있으며 대한민국에는 2011년 8월 말에 서울사무소가 문을 열었다."

그러고는 스마트폰을 내려놓았다.

"나는 초창기부터 회원 등록을 하고 매달 회비를 내고 있단다. 그리고 호세야, 잘 들어봐. 하나님께서 소돔과 고모라를 심판할 때 의인이 열 명만 있다면 그 뜻을 접겠다고 하셨지. 그런데 오백만 명이 넘는 사람들이 지구 환경을 위하여 이렇게 노력하고 있는데 없애겠다고? 그리고 네 말대로 케플러인가 뭔가 하는 행성에 왕국을 세운다고 치자. 왜 하필이면 신라 귀신들이니? 차라리 그린피스 대원들을 우주선에 태워 가기 위해서 왔다고 하면 내가 믿어줄게. 나는 신라 말기 사람들, 특히 귀족들의 생활이 얼마나 막장이었는지 알고 있어. 그리고 고구려가 삼국을 통일했다면 우리나라 지도가 완전히 달라졌을 거라고 아쉬워하지. 지리적으로 볼 때 신라는 한반도를 통치하기에 힘든 위치에 있는 나라였어."

"신라를 그리 만만하게 볼 수 없지요. 삼국을 통일한 뒤에도 오백 년 넘게 역사가 이어졌으니까요. 그렇게 세력이 막강하던 당나라 왕조도 삼백 년을 채우지 못하고 멸망했잖아요. 중요한 것은 이 문제는 인간들이 선택할 문제가 아니에요."

"하지만 그 꼴통들의 DNA가 어디로 가겠니?"

"지구가 아주 짧은 시간에 악성 행성으로 전락했다는 그 사실이 중요해요. 인간이든 행성이든 생명이 있는 것은 병이 나고, 더 심해지면 죽는 것이 법칙이거든요."

곡두는 이 또한 아이 입에서 나올 말이 아니라는 생각에 놀랐다.

"아무튼… 하지만 인류의 역사가 다른 행성에서 다시 시작된다는 것이 가능한 일이니? 그래 좋아. 나는 인과응보의 차원에서 전생이 있다고 믿는 사람이니까 네가 화랑이었다는 것까지는 받아들일게.

하지만 다른 데서는 그런 말 하지 마라."

"제가 북극성에서 왔다는 증거를 보여드릴게요."

"아, 한별이가 보여주던 그 돌멩이? 아이고 이 녀석들아. 유원지 선물 가게에 가면 널리고 널린 게 그런 돌멩이들이야. 전부 싸구려 가짜 수입돌이지만…."

한별이가 호세에게 속삭였다.

"내가 뭐랬어? 우리 이모는 진짜 모르는 게 없다니까."

"허긴, 저렇게 왼쪽 뇌가 발달한 사람은 의심이 많고 남의 말을 잘 안 듣지."

"아니야! 이모는 오른쪽 뇌도 아주 좋은 편이야. 노래도 잘 부르고 기타도 잘 치거든. 게다가 내 말은 다 들어준다니까."

"너희들 지금 내 흉보고 있지?"

곡두가 알밤 먹이는 시늉을 하자 호세가 얼른 말을 돌렸다.

"이모, 부탁이 있는데요. 내일 천전리 각석이나 문무왕릉 쪽으로 함께 갈 수 있어요? 구형왕릉도 좋구요."

"너도 왕과 노는 것을 좋아하니? 경주에 가면 그런 아저씨가 있거든. 어쨌든 구형왕릉이나 문무왕릉은 길이 너무 멀고 그나마 천전리가 여기서 가장 가까우니 그리로 한번 가보자. 마침 지금 할 일도 없고…."

곡두가 수월하게 대답하자 한별이가 엄지를 들어올렸다.

"와, 우리 이모 최고."

"그런데 호세야. 부모님께 자고 간다는 말씀은 드리고 왔니?"

"이모, 호세는 저 멀리서 왔다고 했잖아."

"아, 맞다. 하늘에서 천마를 타고 왔다고 했지."

"당분간 우리 집에서 지낼 거야. 엄마 아빠가 허락했어."

"언니가 부모님과 통화를 한 모양이구나. 우리 한별이 친구가 있었으면 좋겠다고 하더니 잘 됐다. 그런데 호세야, 갈아입을 옷은 좀 챙겨왔니?"

호세는 슬그머니 일어나 마당으로 나왔다.

날씨가 흐린 탓인지 하늘에 별이 보이지 않았다. 호세는 이모가 어제 아침에 만났던 개미들과 하나도 다를 것이 없다고 생각했다.

호세는 말을 해주고 싶었다.

지구는 항상 혜성과 충돌할 가능성을 가지고 있다는,

며칠 전에도 축구장 크기의 소행성이 지구를 스쳐 지나갔다는,

미국 항공우주국인 나사는 불과 몇 시간을 앞두고서야 그 상황을 알았다는,

날씨가 흐려서 발견이 늦었고 경고할 시간조차도 없었다는,

이런 일은 자주 일어나지만 천문학자들은 극히 일부분만 찾아낼 뿐이라는,

설령 소행성의 궤도를 알아낸다고 하더라도 막아낼 방법이 전혀 없다는,

저 고요한 밤하늘에서 지금 초대형 혜성이 빛의 속도로 지구를 향해 오고 있다는,

그 혜성은 지구를 한순간에 박살 낼 정도로 거대하다는,

그리고 이런 상황을 불러들인 것이 바로 지구인들이라는,

하지만 이것은 우주에서 흔히 일어나는 자연현상 중의 하나라는, 자연 질서에 어긋나는 별은 소멸할 수밖에 없는 것이 우주의 법칙이라는, 말을.

11

천전리 각석

다음 날 아침, 호세는 새소리에 잠에서 깨어났다.

마당을 내다보니 참새가 담장 옆 감나무 가지에 앉아 있었다.

"안녕. 잘 잤니?"

어제처럼 말을 알아들을 수는 없지만 교감할 수는 있었다.

"나는 당분간 이 집에서 머물 거야. 알았지? 오늘은 천전리 각석을 보러 갈 건데 너도 갈래?"

참새는 고개를 까딱거리더니 호르르 날아가 버렸다.

곡두는 창가에 서서 참새와 놀고 있는 호세를 내다보며 고개를 갸웃거렸다. 이상한 점이 많지만, 거부감이 전혀 일어나지 않는 아이였다. 하지만 학교에 가지 않고 낯선 집에 머무는 것으로 보아 부모의 관심밖에 있는 것 같아서 걱정되었다.

호세에 대해 아무것도 모른다는 언니의 말에, 처음에는 경찰에 신고할까 생각했었다. 그러나 나쁜 아이는 아닌 것 같고, 잘못하면 예상치 못한 일이 일어날 수도 있으니 조금 지켜보자고 약속을 한 터였다.

"세상에 나쁜 사람들이 얼마나 많은데… 자칫 그런 사람들에게 걸리면 큰일 나지."

언니도 그 마음으로 호세를 돌봐주고 있는 것이 분명했다.

천전리 각석을 검색했더니 정보는 예상했던 것보다 많았다. 그중에서 곡두의 눈길을 끄는 글이 있었다.

대곡천변 상류에 있는 천전리 각석은 반구대 암각화와 달리 물에 잠기는 장소가 아니어서 언제든지 가까이서 볼 수 있다. 국보 제147호로 지정된 선사 유적으로 반반한 돌의 전면에 그림과 글자들이 새겨져 있다. 청동기시대의 것으로 추정되는 그림에서부터 신라 법흥왕이 다녀가면서 새긴 글자들까지 선명하게 남아있어서 역사의 흔적을 다양하게 살펴볼 수 있다. 천전리 각석은 반구대 암각화보다 조금 앞선 1970년에 세상에 알려졌다. 하지만 그전까지는 사람들의 관심밖에 있었으며 가끔은 화장터로 사용되기도 했다. 주변이 모두 평평한 암반으로 되어 있어서 불이 번질 염려가 없고 바로 앞에 계곡물이 흐르니 남은 재를 쉽게 처리할 수 있었기 때문으로 보인다. 지금은 상수원 보호구역으로 엄격히 관리되고 있지만 한때 이 지역에는 피서객들을 상대로 하는 음식점이 많았다. 식당은 지금 딱 한 곳이 남아있는데 천전마을에서 태어난 주인 여자는 부모의 일을 그대로 물려받았다고 한다.

그녀의 말에 따르면 예전에는 사람들이 많이 찾아오는 만큼 사고가 자주 일어났으며 주변을 떠돌다가 실족하거나 물에 빠져서 죽는 일도 있었다. 그런 시신은 각석 앞에서 처리하는 경우가 다반사였는데 아버지가 배를 가지고 있다 보니 자연스럽게 일을 하게 되었다는 것이다.

아버지는 시신을 수습하여 쌓아놓은 장작더미 위에 올려놓고 불을 지핀 뒤, 집에 와서 잠을 자고 새벽녘에 나갔다고 했다. 밤새 장작이 타고 재만 고스란히 남아있으니 흘러가는 물에 쓸어 넣어버리면 끝나는 일이었다. 각석 앞에서 마치 인도의 갠지스 강변에 있는 화장터를 연상하게 하는 일들이 펼쳐졌다는 말이다.

식당 여주인이 들려준 등골이 오싹한 이야기를 하나 소개한다.

어느 날 물에 빠져 죽은 시신이 있다는 연락을 받은 아버지가 평소처럼 작업을 해놓고 왔다. 그런데 새벽에 마무리 작업을 하러 가보니 타다 만 사체가 우뚝 서 있는 바람에 혼비백산이 되었다. 장작이 부족해서 불이 꺼지는 바람에 시체가 반쯤 태워진 상태였다는 것이다.

각석에 쓴 낙서 때문에 경찰서에서 범인을 찾아 나서는 소동도 있었다.

며칠 뒤 범인을 검거했는데 모 고등학교에 재학 중인 학생이 수학여행을 왔다가 친구를 놀려주려고 이름을 새긴 것이었다. 장난으로 한 일이지만 국보에 낙서하는 행위는 문화재 훼손으로 3년 이상 징역에 처하는 중범이었다. 문화재청에서는 제보자에게 신고 포상금으로 그 당시 1천만 원이라는 돈을 지급했으니 웃지도 울지도 못할 해프닝이 일어난 셈이었다.

　각석 맞은편에는 공룡 발자국들이 곳곳에 흩어져 있는데 너럭바위 전면에 총 131개가 확인되었다. 또한 각석에 새겨진 그림과 글자는 특정된 시기에 국한된 것이 아니라 청동기시대부터 신라 때까지 함께 어우러져 있다. 수려한 자연경관이 원시시대부터 계속 사람들을 불러들였다는 증거다. 이런 유적들은 돈으로 환산할 수 없으니 잘 보존하여 후손에게 물려주어야 할 자산임을 명심해야 할 것이다.

곡두는 궁금증이 일어나서 갑자기 서둘렀다.

"세상에… 가까운 데 이런 곳이 있다니… 빨리 가보고 싶네. 자, 얘들아! 출발하자."

곡두는 각석이나 공룡 발자국에는 별로 관심이 없었다. 다만 교통이 불편하던 그 시절에 국왕이 두 번이나 피서를 올 정도였다면 얼마나 경치가 좋았을까 싶었다.

언양 사거리를 지나 경주 방향으로 달리다 보니 오른쪽으로 반구대 삼거리가 나오고 이내 천전리라는 이정표가 보였다. 우회전하여 시골길을 2킬로미터쯤 가니 갈림길이 나타났다. 정면을 가로막은 큰 건물이 눈에 거슬렸지만, 왼쪽 언덕에 자리한 대곡박물관은 아담해서 주변과 조화를 이루고 있었다.

"얘들아, 나오는 길에 저 박물관에도 가보자."

곡두의 말에 한별이가 손뼉을 쳤다.

"와 신난다. 난 박물관을 구경하는 게 더 좋아."

오른쪽 모퉁이를 돌아서니 가파른 산 하나가 시야를 가로막으면서 물 흐르는 소리가 들렸다. 시간이 이른 탓인지 사람은 보이지 않았고 간이 안내소의 작은 창에도 커튼이 내려와 있었다. 곡두 일행은 차를 세우고 앞서거니 뒤서거니 하며 낮은 시멘트 다리를 건넜다. 계곡은 상상했던 것보다 넓고 깊었다.

호세는 만감이 교차하는 심정이었다. 들어오는 길은 짐작이 가지 않을 정도로 달라졌지만, 계곡은 예전의 모습을 간직하고 있었다. 바위를 휘돌아 흘러내리는 물소리가 숲의 정령들이 반기는 소리처럼 느껴졌다.

계단을 내려가자 기하학적인 문양과 그림들로 가득한 각석이 나타났다. 큰 바위 중앙에 세로로 새겨진 낯익은 이름이 호세의 눈에 들어왔다.

好 世

水 品

그는 자신과 수품의 이름에 눈길을 주면서 아득한 기억 속으로 빠져들었다.

호세가 처음 이곳에 온 것은 이차돈이 처형을 당하기 2년 전으로 법흥왕이 왕위에 오른 지 12년이 되던 해였다. 한더위가 시작된 음력 6월 18일, 왕은 동생인 사부지갈문왕을 비롯해 어사추여랑과 수품 등 최측근 몇 명과 천전리 계곡을 찾았다.

귀족들이 왕에게 몰려와서 천경림에 절을 짓는 이유를 따져 물으면서 항의하던 때였다. 호세는 자세한 사정을 모르지만, 왕에게 큰 근심거리가 있다는 것을 눈치챘다.

그들은 열흘 동안 이 계곡에서 머물며 더위를 식혔다. 왕은 너럭바위 위를 천천히 오르내리며 깊은 생각에 빠져 있었다. 그리고 사흘째 되는 날, 제의를 지낼 준비를 하라고 명령했다. 제단이 만들어지자 왕은 천지신명에게 절을 세 번 올린 뒤 앞으로 이 계곡의 이름을 '서석곡書石谷'이라 부르도록 명령을 내렸다. 그리고 문양 바로 밑에 그 이름을 새기도록 했다.

그때 호세는 왕의 명령을 이행하기 위해 서라벌까지 말을 타고 80리 길을 달려가 왕실의 석공들을 데리고 왔다. 이런 일을 할 때는 앞에 새겨놓은 글자나 그림들을 지우는 경우가 많았다. 하지만 훼손이 되지 않도록 하는 것으로 보아 어떤 계시를 받았는지도 모를 일이었다.

피서를 끝내고 돌아온 왕은 다음 날 바로 이차돈을 처형하라는 명령을 내렸다. 그의 죄명은 왕의 명령이라고 속여 임의로 절 공사를 강행했다는 것이었다. 당시 신라는 사찰을 하나 짓는 것도 허락받아야 할 만큼 귀족들의 세력이 강했다. 그들은 내부에 군사를 둘 정도로 막강한 힘과 자신들이 왕과 하나도 다를 바 없다는 천신 신앙을 가지고 있었다.

법흥왕과 이차돈은 당숙과 조카 사이로 그 당시 이차돈은 왕실에서 비서 일을 보고 있었다. 이차돈은 여러 가지 상황으로 보아 자신의 희생이 물꼬가 되어 왕권을 강화하는 동시에 불교를 수용하는 계기가 될 것이라고 확신했다.

법흥왕은 이차돈을 처형한 다음 날 바로 귀족 세력의 해체를 공표했다. 그리고 첫 시도로 귀족들이 제사를 올리는 성지에 사찰을 짓게 했으니 공식적으로 불교를 국교로 받아들인 행동이었다. 또한 그들과 조화를 이룰 필요가 있다는 결론을 내리고 신라 최초의 사찰인 흥륜사를 지을 때 대웅전 바로 뒤에 산신각과 칠성각을 배치하도록 했다. 사찰의 가장 중심에 토착 신전을 두어 귀족들이 편하게 드나들 수 있도록 배려한 것이다. 이렇듯 포괄적이고 다양한 정책으로 법흥왕의 개혁 정치는 탄력을 받게 되었다.

불교가 국교로 자리 잡으면서 백성들은 미신에서 서서히 벗어났으며 중앙집권적인 통치 체제로 왕권은 하루가 다르게 강해져 갔다.

그로부터 14년 뒤인 서기 539년 7월, 법흥왕은 다시 천전리를 찾았다. 자신에게 태왕이라는 호칭을 붙인 뒤 안으로는 왕권을 강화하는 한편 밖으로는 영역 확장을 추진해 나갈 때였으니 그날의 피서는 자축의 성향이 다분했다.

왕은 왕비와 딸인 지몰시혜비와 다음 왕위를 이어 나갈 어린 진흥왕을 대동했고 호세와 수품을 비롯한 스무여 명의 화랑과 내신들이 그 뒤를 이었다. 게다가 왕실 석공과 궁중 요리사들까지 함께하니, 처음과는 완전히 격이 다른 행차가 되었다.

늦더위가 기승을 부리고 있었지만, 계곡은 신령스러운 기운으로 서늘했다. 왕은 직접 물에 들어가 천렵을 즐겼으며 춤을 추고 노래를 부르는 여유까지 누렸다.

다음 날 왕은, 서석곡이라는 이름 밑에 두 번째 나들이의 내용을 자세히 기록하라고 지시했다. 그리하여 호세와 수품을 비롯하여 동행했던 화랑들의 이름이 모두 새겨졌다. 천전리 계곡은 그날을 시작으로 왕실 사람들에게 특별한 장소가 되어, 제의를 지내거나 화랑들이 수련하는 장소로 이용되었다.

계곡은 신령스러운 기운이 가득했다. 호세는 각석에서 눈을 떼고 한별이에게 말했다.

"수품아, 잘 생각해 봐. 뭔가 기억나는 게 있을 거야."

호세의 속삭임과 함께 한별이는 갑자기 발등을 벅벅 긁었다. 그리고 손가락으로 계곡 아래쪽을 가리키며 말했다.

"저기 어디쯤에서 흰옷을 입은 사람들이 모여서 제사를 지냈던 것 같아. 그리고 절벽 아래 있는 바위틈에 무언가를 묻었는데… 맞아. 그때 내가 개미집을 밟았었지. 발등과 종아리를 심하게 물렸는데 상처가 덧나는 바람에 엄청 고생했던 기억이…."

호세가 반색하며 말했다.

"맞아, 날이 더워서 애를 많이 먹었지."

"난 지금도 다리를 긁는 버릇이 있어."

"다른 것도 떠오르는지 잘 생각해 봐."

그들은 각석을 등지고 서서 병풍처럼 이어진 건너편 바위들을 바라보았다.

"너는 기억나는 게 없어?"

호세가 손가락으로 각석 건너편 바위를 가리키며 물었다.

"고헌산으로 넘어가는 햇살이 마지막으로 머무는 바위 아래…."

맞은 편 산자락에 시루떡처럼 층층이 쌓인 퇴적암들이 검푸른 이끼로 덮여 있었다. 한별이가 호세의 말을 받았다.

"그래, 저 바위 밑에서 행사를 치렀어."

"일단 저리로 내려가 보자."

그들이 절벽 앞으로 가기 위해 되돌아 나오는데 짹짹거리는 새소리가 들렸다.

"너도 왔구나."

참새는 호세를 발견하자 신이 났는지 버찌를 물고 와서 손바닥에 올려놓았다.

"이모도 맛을 봐야지."

호세가 주변을 살피면서 물었다.

"수품아, 그런데 이모가 안 보여. 어디로 갔지?"

"기타를 가지러 간 것 같아. 이모가 여기 경치에 엄청나게 감동했나 봐. 엄마가 그러는데 우리 이모는 감동을 잘하는 것이 특기래. 그런데 나는 저 참새가 우리에게 먹을 것을 물고 오는 게 정말 감동적이야."

"맞아, 감동을 잘한다는 건 아주 특별한 선물이야."

저만치서 기타를 어깨에 멘 곡두가 돌계단을 내려오고 있었다.

"아아, 드디어 노래에 어울리는 장소를 찾았어."

곡두는 상기된 얼굴로 바위에 걸터앉으며 말했다. 그리고 잠시 기타 줄을 고르더니 천천히 '돌고 돌아 가는 길'을 부르기 시작했다.

산 넘어 넘어 돌고 돌아 그 뫼에 오르려니
그 뫼는 어드메뇨 내 발만 돌고 도네….

곡두의 노랫소리가 물소리와 함께 계곡 사이로 울려 퍼져나갔다. 호세의 눈에서 눈물이 흐르기 시작하더니 노래가 끝날 무렵에는 얼굴이 온통 젖었다.

　곡두는 당황스러운 표정으로 호세를 바라보다가 가만히 다가가
서 손을 꼭 잡아주었다.

12

합방

막사발에 코를 박고 허겁지겁 밥을 퍼먹는 부뜰이를 바라보며 현덕 스님은 고개를 절레절레 저었다. 거칠산군(동래현의 옛 이름)에서 사벌주(상주의 옛 이름)까지 길이 얼만가? 열 살짜리 사내아이가 혼자서 반야암을 찾아오는 동안 머리카락은 산발이 되고 옷에서는 자릿내가 코를 찔렀다.

현덕 스님은 어릴 때 유망하며 떠돌아다닐 때의 자기 모습을 보는 것 같아서 마음이 아팠다. 그는 법명을 받기 전까지 천덕이라는 이름으로 불렸는데, 구걸하러 다닐 때 나이는 겨우 일곱 살이었다.

반야암 주지 스님이 천덕이의 부모에게 말했었다.

"거산칠군에서 왔다고 했소?"

"예, 스님….."

"이 아이는 두고 가십시오. 제가 거두겠습니다."

그들은 천덕이를 행자로 받아들이겠다는 말에 감지덕지하며 스님이 주선하는 산속으로 화전을 일구러 들어갔다.

그 당시 신라에는 할당된 조세를 내지 못해 야반도주하는 사람들이 많았다. 일부 농민들은 걸식자가 되거나 좀도둑으로 전락했으며 그런 간담조차 없는 사람은 촌주를 찾아가 노비가 되기를 간청했다. 민심이 나날이 흉흉해지더니 급기야 굶주림을 견디지 못한 농민들이 난을 일으키는 상태까지 이르렀다.

"탐욕과 원한이 신라 땅을 뒤덮고 있으니 이를 어찌할꼬?"

주지 스님의 한숨에 현덕도 긴 숨을 보태었다.

"그러나 힘없는 백성들이 지금 무슨 일을 할 수 있겠습니까?"

두 사람은 일심으로 기도하는 것이 전부였다.

"수행자는 명징하게 깨어있는 것이 본분이다."

말씀을 그대로 실천해 온 스님이었다. 거칠산군에 있는 범어사로 출가를 했다는 말은 들었으나 어떤 연유로 반야암에 머물고 있는지 아는 사람은 없었다. 산중에 있는 작은 절이니 살림이 곤궁하기는 일반 백성들과 크게 다를 바 없었다.

천덕이는 주지 스님 밑에서 뼈가 굵어졌고 약관의 나이가 되자 정식으로 머리를 깎았다.

"네게 현덕이라는 법명을 내린다. 부디 수행을 잘하여 지혜와 덕을 갖춘 큰스님이 되어 대중을 제도濟度하여라."

수계를 받은 다음 날, 현덕은 석 달 열흘 계획으로 탁발에 나섰다. 그는 내륙을 따라 거칠산군으로 내려가서 동해를 옆구리에 끼고 서라벌까지 올라갈 예정이었다.

길을 나서기 전날 밤 그는 기대와 설렘으로 잠을 설쳤다. 그러나 첫날부터 충격과 회의에 빠져들고 말았다. 춘궁기에 접어든 마을마다 병들고 굶주린 사람들의 신음이 흘러넘쳤고 들판에는 기아와 병난으로 죽은 시신들이 널려있었다.

열흘 만에 도착한 고향 마을도 마찬가지였다. 인척인 부뜰이 엄마를 찾아갔을 때 그녀는 보채는 아이에게 빈 젖을 물린 채 우는소리를 했다.

"아이고, 천덕아. 네가 스님이 되었구나. 부뜰이 애비는 부역을 나갔다가 성 아래로 떨어져서 죽었다는데 나는 시신도 수습하지 못했다. 보다시피 우리는 짐승보다 못한 신세가 되고 말았지만 모진 것이 목숨이라 죽지도 못하는구나. 천덕아, 부탁이다. 제발 우리 부뜰이를 데리고 가거라. 절에 있으면 배는 안 곯겠제?"

현덕은 차마 얼굴을 바로 보지 못하고 말했다.

"아지매, 산 입에 거미줄이야 치겠습니까. 정 힘이 들면 사벌주로 올라오십시오."

백성들이 이렇듯 조세와 부역에 굶주리고 있지만 여왕을 비롯한 귀족들은 수도 금성을 중심으로 사치와 향락으로 흥청거렸다. 이들 중에는 국가로부터 토지 지배권을 보장받아 농민들을 상대로 고리 대금업을 하면서 재산을 불리는 이들도 많았다.

성안에는 고래 등 같은 저택들이 즐비했고 궁궐에서는 왕위의 쟁탈전이 계속되고 있었으며 유명한 사찰들은 토착 세력을 등에 업고 배를 불리는 중이었다. 그들은 연기에 집이 그을리지 않도록 능금나무 숯으로 쌀밥을 지었으며, 냄새가 담을 넘도록 고기를 구워댔다. 현덕은 지옥 같은 현실을 한탄하고 절망하며 백 일을 다 채우지 못하고 반야암으로 돌아오고 말았다.

부뜰이가 밥그릇을 박박 긁어대는 소리를 들으며 현덕은 별빛에 어렴풋이 드러난 주지 스님의 처소를 살폈다.

천덕이라는 소년이 현덕이라는 스님으로 성장하는 것과 함께 주지 스님은 육신을 벗을 준비를 하고 있었다. 그리고 어느 날 암자 위에 있는 토굴 속으로 들어가면서 유언을 남겼다.

"현덕아, 은사였던 의정 스님은 직접 천축국을 다녀와서 부처님의 말씀을 책으로 남기셨다. 그곳에서는 비구가 목숨을 다하면 그대로 불에 태운다는구나. 나 또한 그렇게 가볍게 지수화풍으로 돌아가고 싶다. 내가 벗은 허물은 화장시키고 남은 재는 강물에 흘려보내도록 하여라."

"산골散骨을 하라는 말씀입니까. 제 마음은 천 년이 지난 뒤에도 뵈올 수 있도록 부도 탑이라도 세우고 싶습니다."

현덕은 차마 그 마음을 나타내지 못했다. 문득 몰래 보관하고 있는 둥근 점이 촘촘하게 찍힌 항아리와 모감주나무 아래서 울고 있던 여인이 떠올랐다. 남루한 행색이지만 선녀처럼 아름다운 자태였다.

여인은 들고 온 보따리를 풀어 법당에 제물을 올리고 부처님의 발밑에 오랫동안 엎드려있었다. 아가리가 길고 몸이 팡팡한 진갈색 항아리가 놓이자 사방이 환해지는 느낌이었다. 마을로 내려간 스님은 좀체 돌아오지 않았다. 여인과 산문 사이를 풀방구리에 드나드는 생쥐처럼 오가던 천덕이는 깜박 잠이 들었고 여자가 흐느껴 우는 소리에 깨어났다.

"수소문 끝에 불원천리 달려왔습니다. 부디 뒷바라지하며 살게 해주십시오."

이어서 낮지만 단호한 목소리가 들렸다.

"저 아이의 방에서 며칠 몸을 추스른 뒤에 돌아가도록 하십시오."

세차게 문을 닫는 소리가 들렸다.

다음 날 아침 스님은

"천덕아, 내 오늘부터 묵언 정진을 시작할 것이니 그리 알거라."

일러놓고는 토굴 속으로 들어가 버렸다.

보름 가까이 천덕이의 방에서 머물던 여인은 결국 반야암을 떠나고 말았다.

스님은 100일을 모두 채운 뒤에야 토굴에서 나왔고 천덕이의 이름을 부르는 것으로 말문을 열었다.

"천덕아, 어머니 아버지가 보고 싶제? 보고 싶은 거 참으면 병난다. 이 단지를 가지고 집에 한번 다녀오도록 해라. 꿀이 들어 있구나."

여인이 가져온 항아리를 두 손으로 받아 드는데 자기도 모르게 눈물이 솟구쳤다.

"말씀은 그리 정겹게 하시면서 스님은 어찌하여 보고 싶어서 찾아온 사람을 그리 매정하게 쫓아 보냈습니꺼?"

천덕이는 차마 그 말을 하지 못하고 어깨를 들썩거리며 울었다.

"아아, 내가 너무 무심했구나. 한창 부모 품이 그리운 나이거늘…."

"아입니더. 스님요. 엄마가 보고 싶어서 우는 기 아입니더."

"미안하다, 천덕아."

"아입니더, 스님요."

두 사람은 몇 번이나 같은 말을 주고받았다.

천덕이는 그 길로 부모님이 계시는 집으로 달려가 보름 가까이 머물다가 왔다.

빈 항아리를 바랑에 넣고 돌아오다가 산길에서 미끄러지는 바람에 자칫했으면 박살이 날 뻔했지만 아가리 부분에 이빨이 조금 나갔을 뿐 말짱했다.

그런 뒤로 천덕이는 세상일이 궁금하거나 부모님이 그리워지면 항아리를 가슴에 품었다. 그리고 가끔은 눈물을 닦으며 떠나가던 여인의 모습이 떠오르는 바람에, 까맣게 밤을 새울 때도 있었다.

부뜰이가 반야암으로 온 지 닷새가 지났다.

공양 때마다 게걸스럽게 밥그릇을 긁어대는 버릇은 여전했지만 조금씩 안정되어 갔다.

그날 저녁에도 급하게 밥을 먹다가 사레가 들리자 현덕은 물을 먹이고 등을 두들겨주었다.

부뜰이가 갑자기 현덕의 가슴에 얼굴을 묻으며

"어무이요, 어무이요."

하면서 소리를 내어 울기 시작했다. 씹던 밥알이 침과 콧물로 범벅이 되면서 현덕의 승복 위에 얼룩무늬를 만들었다. 호롱불에 비친 두 사람의 그림자는 오랫동안 벽면을 채웠다.

"부뜰아, 내가 약속 하마. 노스님께서 돌아가시면 다비식을 치르고 바로 길을 나서자. 네 어머니와 동생이 있는 곳을 찾아서 시신을 수습하고 독무덤이라도 만들어 드리도록 하자."

그 말을 하는 순간 현덕의 머릿속에 작은 파도처럼 한 생각이 일었다.

"옳거니. 스님께서 입적하시면 그 항아리에 유골을 담아서 묻으면 되겠다."

현덕은 공양 간으로 들어가 스님이 쓰시던 그릇들을 살펴보았다. 그중에서 황갈색 종지를 골라 아가리에 덮어 보니 그런대로 잘 맞았다.

문득 합방이라는 말이 떠올랐다.

여인이 가져온 꿀 항아리에 스님의 유골을 담아서 거칠산군 어느 양지바른 땅에 묻어주면 그 한을 모두 풀어줄 수 있을 것 같았다. 그리고 자신의 가슴속 깊은 곳에 자리 잡고 있는 여인의 환상도 사라질지 모를 일이었다.

잠시 울음을 그쳤던 부뜰이가 새삼스럽게 다시 우는 바람에 현덕은 상념에서 벗어났다.

"그런데 스님요, 어무이 죽은 장소를 찾을 수 있을지 모르겠심더. 내가 너무 무서버서 도망을 치는 바람에….."

"괜찮다. 그런 상황이었다면 나도 도망을 쳤을 거다. 걱정하지 말고 우리 같이 한번 찾아보자. 그곳에 가면 마음에 짚이는 곳이 분명히 있을 것이다."

"스님요, 어무이와 동생이 보고 싶어서 죽겠심더."

"그래, 그게 사람 마음 아니겠나."

현덕은 부뜰이의 등을 토닥토닥 두드렸다.

하루 한 번 넣어주는 노스님의 밥그릇이 그대로 있은 지 사흘이 지났다. 현덕이 떨리는 손으로 밖에서 채운 자물쇠를 열었을 때 스님은 이미 입적한 상태였다. 스님 앞에 엎드려 흐느껴 우는 그의 귀에 환청처럼 노랫소리가 들렸다.

"드디어 문이 없는 문이 열렸구나. 일체의 선택권이 없는 이곳에 이르러서야 완벽한 순복順服이 일어났다. 아아, 존엄한 생명들이 하나의 불꽃이 되어 춤을 추고 있구나."

사흘 뒤, 반야암 근처에 있는 빈터에서 노스님의 다비식이 열리고 한 줄기 연기가 피어올랐다. 그리고 잉걸불이 사위어가는 동안 속리산 산봉우리에는 영롱한 오색 채운이 오랫동안 드리워져 있었다.

산자락에 붙어서 초근목피로 목숨을 이어가던 사람들은 신비로운 현상이 일어나는 하늘을 올려다보면서 저마다 두 손을 모았다. 그리고 원망과 체념으로 말라붙은 가슴속에서 희망이라는 조그만 싹이 올라오고 있음을 느끼며 땅바닥에 엎드렸다.

현덕은 주지 스님의 유골을 잘 수습하여 항아리에 담고 보따리로 꽁꽁 샀다. 그리고 며칠 뒤 부뜰이와 함께 길을 나섰다. 걸망 속에 들어 있는 항아리가 큰 언덕처럼 든든하고 따뜻했다.

호세의 전생 이야기가 끝나자 곡두가 진지한 얼굴로 물었다.

"일체의 선택권이 없는 곳에서 완벽한 순복이 일어났다는 건 무슨 뜻이지?"

"윤회의 고리에서 벗어나 우주의 근본 에너지 그 자체가 되었다는 말입니다. 열반 오도송을 하신 거지요."

"열반 오도송?"

"인간의 심성에는 나는 옳고 너는 그르다 하는 분별심이 있어요. 그리고 상대를 지배하려는 속성과 지배받지 않으려는 마음이 함께 작용하고 있지요. 이런 과정에서 악연이 생기고 이 악연들이 넓고 깊어지면 국가 간의 전쟁으로 비약될 수도 있어요. 그것을 깨닫지 못하면 세세생생 역할을 바꾸어가며 서로 고통을 주고받습니다. 열반이란 이런 이치를 깨닫고 고정된 습관에서 완전히 벗어났다는 말입니다."

곡두는 마치 법문을 듣고 있는 것 같았다.

"그럼, 지금 내가 계속 너를 의심하는 것도 고정된 생각 때문이니?"

호세가 고개를 끄덕였다.

"맞는 말 같구나."

곡두도 따라서 턱을 주억거렸다.

"그나저나 스님의 유해는 어디다 묻었니?"

"금정산 기슭 범어사가 한눈에 보이는 곳에요. 나는 그 길로 부뜰이와 함께 동해안을 거쳐 서라벌로 갔습니다. 그리고 화랑들과 많은 인연을 맺었지요. 그 당시 화랑들은 신체 단련뿐만 아니라 예능을 매우 중요한 덕목으로 여겼습니다. 신라 사람들은 불교를 수용하기 이전부터 큰 산이나 강을 다스리는 신이 있다고 믿었어요. 그래서 전국에 있는 좋은 산과 강을 찾아다녔는데 화랑이 되기 위해서는 동해 바닷길을 따라 금강산까지 올라가는 것이 기본이었습니다. 그렇게 자연을 벗 삼아서 글을 읽고 바른 주도와 여행을 통한 내적 성장까지 요구받았으니 만만한 과정이 아니었습니다. 부뜰이도 몇 년 뒤에 화랑이 되었어요. 그 애는 남다른 소질로 출신의 장벽을 간단하게 뛰어넘었습니다. 목을 가다듬어 노래를 부르기 시작하면 애간장이 끊어질 듯 마음이 슬퍼지고 눈물이 났어요. 어쩌다 도적이나 산적이 된 남정네들이 부뜰이가 부르는 노랫소리에 칼을 내던지며 통곡한 적도 있었으니까요. 나는 부뜰이를 위하여 향가를 지었습니다. 그 당시에는 스님들이 노래를 많이 만들었는데 '혜성가'를 지은 융천사 그분도 화랑들을 지도했던 승려였지요. '도솔가'와 '제망매가'를 만든 월명사 스님은 피리를 너무 잘 불어서 지나가던 달이 멈추고 귀를 기울일 정도였고요. '찬기파랑가'를 만든 충담사도 승려였습니다."

"그럼, 너의 이름으로 지은 향가도 있니?"

호세는 고개를 흔들었다.

"노래가 전해지고 있는지는 모르겠어요."

곡두는 호세의 손을 잡고 가만히 손등을 쓰다듬었다.

"호세야, 우리 한번 정리를 해보자. 네가 전생에 법흥왕과 이곳에 올 때는 화랑이었고 진성여왕 때는 스님으로 살았다는 말이지. 우리 한별이는 각석에 있는 저 수품이라는 화랑이었고… 그렇다면 나도 그때 너희랑 함께 있었니? 설마 내가?"

곡두는 눈을 동그랗게 뜨며 물었다.

"꿀 항아리를 가져갔던 그 여인?"

호세는 웃으면서 고개를 저었다.

"이모, 앞에 한 말은 맞지만 뒤는 아니에요. 만일 제가 지구에 있는 동안 그 여인을 만나게 된다면 바로 알아볼 수 있어요."

"징표라도 있니?"

"아니요. 하지만 어떻게 모를 수 있나요? 사람의 감정은 시공을 초월하여 연결되어 있는데…."

"허긴… 그런데 너는 누가 윤회에서 벗어나게 해주었니?"

"그건 누가 해주는 것이 아니라 저절로 일어나는 일인 걸요."

"알았어. 아무튼 나는 이제 네가 하는 말을 모두 믿기로 하겠어. 적어도 네 눈물이 가짜가 아니라는 이 느낌이 너무나 확실하니까."

한별이가 호세의 옆구리를 쿡 찌르며 귓속말을 했다.

"누군가를 내 편으로 만들려면 눈물이 필수적이라는 것을 이제 알았어."

"하지만 눈물은 억지로 나오는 게 아니잖아."

"그건 그래."

곡두가 갑자기 자리에서 벌떡 일어서더니 서두르기 시작했다.

"애들아, 일어나. 갈 곳이 생각났어."

"이모, 해 질 녘까지 여기 있어요."

"난 박물관에 가고 싶어."

두 아이가 동시에 소리를 질렀지만, 곡두는 손사래를 쳤다.

"지금은 우리를 도와 줄 사람을 만나는 것이 더 급해."

그리고 휴대전화를 꺼내더니 어딘가로 전화를 걸었다.

13

순정

불쏘시개로 쓸 신문을 정리하던 재우는 폐지 뭉텅이 위에서 낯익은 얼굴을 발견했다.

"진성산 지우 스님, '민족신문' 상대 정정보도 최종 승소"

시일이 한참 지났지만, 그에게는 새롭고 반가운 소식이었다. 재우는 신문을 들고나와 마루에 앉아서 꼼꼼하게 읽기 시작했다. 제목은 크지 않았지만, 지면을 제법 많이 차지하고 있는 기사였다.

"… 저는 이 소송을 통해 피해액이 3백 배 이상 부풀려진, 공허한 수치 뒤에 숨어있는 목적과 진실을 세상에 알리고 싶었습니다."

이날 마지막 선고에 대해 지우 스님은 자신의 블로그에 '승소 판결에 부쳐'라는 제목의 짧은 글을 올려 자신의 심정을 밝혔다고 했다. 기사의 마지막 부분을 읽으며 그는 한숨을 내쉬었다.

"대법원의 최종 판결로 지우 스님의 단식투쟁이 국가에 막대한 손실을 불러왔다는 오해는 모두 풀렸다. 하지만 10여 년 동안 한 개인이 받은 사회적, 정신적인 피해를 염두에 둔 사람은 많지 않아 보인다. 또한 환경보전과 개발을 두고 무엇을 우선할 것인가 하는 사회적 화두 또한 사람들의 관심에서 많이 멀어진 것 같다."

재우는 스님을 만난 적이 없지만 당시 소액의 후원금을 보내면서 그 일에 동참하고 있다고 생각했었다. 컴퓨터를 켜고 지우 스님의 블로그를 찾아갔다.

스님의 소회 글은 겨우 스무 명 정도가 조회했을 뿐이었다. 축하하거나 위로의 댓글이 넘쳐날 것이라는 그의 기대는 완전히 빗나갔다. 그리고 한때 전국적 관심을 끌었던 이 문제가 사람들의 관심에서 완전히 사라졌다는 사실을 확인하는 느낌이었다.

색이 누렇게 바랜 신문을 내려다보면서 재우는 다시 한숨을 내쉬었다. 허망하기 짝이 없었다. 법정 싸움에서 이겼다 해서 스님이 얻은 것은 무엇인가? 상대방은 원하는 것을 이미 얻었고 스님은 모든 것을 잃었다는 생각이 들었다.

공사와 직간접으로 연결되어 있던 사람들은 이 기사를 읽어 보기나 했을까? 나라 곳간 거덜 냈다고 욕설을 하던 사람들은 자기가 던진 돌의 방향이 잘못되었다는 사실을 알고나 있을까? 분명한 것이 있다면 고속철도는 이제 일상화되었고 사람들은 너나없이 속도 숭배자가 되어버렸다는 사실이었다.

스님이 영덕으로 거처를 옮겼다는 소식을 끝으로 재우는 관심을 끊기로 생각했었다. 스님에 대한 인신공격이 극에 달하고 온라인에 안티 지우 카페가 여러 개 생겨나던 시기였다. 일부 메이저 시민단체들이 가세하면서 터널 공사는 차질 없이 강행되었다. 공사와 관계 있는 이들은 물론이고 일부의 환경단체 사람들도 명분을 만들어주는 일에 앞장을 섰다는 소문이 들리던 때였다.

자금 없이 고택을 복원하는 일도 첩첩산중이라 그는 스님을 향한 무언의 지지를 철회하기로 마음먹었다. 미안하다는 생각이 들 때면 각자 맡은 역할이 있다고 자신을 달랬다.

개발의 탁류는 멀쩡한 강을 정비하거나 댐을 만드는 쪽으로 흘러가고 있었다. 수만 년 동안 이어온 강의 물길을 막는 발상은 결국 강을 거대한 콘크리트 물그릇으로 만드는 결과를 가져왔으니 그 모든 것들의 중심에 돈이 있었다.

여름이 되면 녹조가 기승을 부린다는 소식이 들리고 그럴 때면 스님이 생각났다. 그는 자동차 대신 자전거를 타거나 일회용품을 쓰지 않는 등 지극히 사소한 일을 실천하면서 스님과 같은 길을 가고 있다고 자신을 위로했다.

개발 제한에 묶여있는 경주는 그런 의미에서 축복받은 땅이었다.

재우는 고택을 복원하면서 글을 쓰고 여행객들을 안내하는 일에 전념했다. 욕심 같아서는 백 채 정도는 옮겨지어야 여한이 없을 것 같았다. 그러나 집 짓는 작업은 기름이 부족한 자동차처럼 늘 가다 서기를 반복했다. 그렇게 20년을 보내면서 다섯 채를 복원했다.

겨우 다섯 채, 고작 다섯 채였다.

전국 곳곳에 흩어져 있는 고택들이 하나둘 폐가가 되는 현실이었다. 대들보나 서까래, 등 일부가 골동품 가게에서 장식용으로 거듭

나는 경우가 있지만 대부분은 겨울철 땔감용으로 사라져갔다. 그런 생각을 하면 입안이 바짝바짝 타들어 갔다.

재우는 신문을 말아 쥐고 효공왕릉 쪽으로 걸어 나왔다.

"그래, 나는 시간을 거꾸로 가는 놈이지. 암, 그렇고말고…."

입속말로 중얼거리며 그는 천 년 전과 크게 달라지지 않은 왕릉 주변을 거닐었다. 그의 머릿속에서 불쑥 단어가 하나 떠올랐다.

"순정."

오랫동안 잊고 있던 말이었다. 그는 얼굴에 미소를 지으면서 소리를 내어 말했다.

"순정이라…."

14

독백

나는 지우다.

진성산 자락 1300년 된 고찰에서 수행했다. 이곳이 어떤 장소인가. 산봉우리에 있는 벌판은 원효대사가 당나라에서 온, 천 명의 대중을 교화한 설화가 있으며 내게는 성지와 다름없는 공간이다.

승려의 길을 걷게 된 것은 눈에 보이지 않는 세상에 대한 궁금증 때문이었는지 모른다. 돌아보면 나는 어릴 때부터 별과 풀꽃을 좋아했고 스님이 된 뒤로는 야생초를 가꾸거나 사진에 담는 일을 수행처럼 여겼다.

그런 나에게 진성산 아래로 터널이 뚫린다는 소식이 들려왔다. 그 말이 다른 방향으로 흘러갔으면 좋았을 텐데 들어주는 이가 없었던지 계속 나를 찾아왔다.

부산역에서 금정산을 지나 진성산으로 이어지는 터널의 길이가 40킬로미터라 했다. 그중 절반 정도가 진성산의 속살을 뚫는다는 말에 잠이 오지 않았다. 공사가 시작되면 곳곳에 분포되어 있는 고산습지와 그곳을 터전으로 살아가는 생명체들이 어떤 영향을 받을지 알고 싶었다. 알아야 대책을 세우고 대책이 있어야 제대로 된 공사를 할 수 있을 것이라 여겼다.

이 일대는 습지가 집중적으로 분포된 바람에 1990년대 초반부터 이미 환경영향평가가 시행되던 곳이었다. 이렇게 높은 산 위에 형성된 습지는 1만 년 이상 지구의 환경 기록을 고스란히 담고 있는 타임캡슐이자 야외 박물관과 다름없었다. 무엇보다 국가가 법률로 보호하는 지역이었고 조사할 습지들이 스무여 개나 더 있는 장소였다.

오래전 사진을 찍기 위해 이곳으로 올라갔다가 밝은 초록색 등에 두 개의 금줄이 있는 작은 개구리를 만났다. 행동이 굼뜨고 큰 소리로 울지 못해서 처음에는 참개구리인 줄 알았다. 하지만 도감과 인터넷을 살펴보다가 녀석의 이름이, 보존 가치가 있는 금줄개구리라는 것을 알았다. 한때는 집안에 키우는 닭이 잡아먹을 수 있을 정도로 많이 살았지만, 농약 살포 등으로 인한 환경오염을 견디지 못해 산꼭대기까지 피난을 온 녀석들이 분명했다. 나는 내가 아는 지식과 경험을 공사를 진행하는 데 보태고 싶었다.

사람은 먹이사슬의 가장 꼭대기에 있는 생명체이다. 그에 비해 금줄개구리는 그야말로 보잘것없는 미물에 불과하다. 그렇지만 그들이 어떤 식으로든 우리와 연결되어 있다고 느꼈으며 당연히 받아들여질 것으로 믿었다.

경주와 양산 사이에 지진 활동으로 형성된 단층대가 존재하고 진성산 오른편에는 울산과 기장으로 이어지는 또 다른 단층대가 있다는 것도 마음에 걸렸다.

내 의견이 받아들여지지 않자 밥이 목에 걸려 넘어가지 않았다. 나는 가끔 너무 많은 것을 알고 있는 자신이 무서웠다. 사람들은 이런 나를 간단하게 미친 사람으로 만들어버렸다.

진실이 드러나는 것을 싫어하는 사람들이 많다는 것을 알았어야 했는데 그런 사실을 몰랐다. 하지만 예나 지금이나 이들을 불편하게 만드는 누군가가 필요하다는 생각은 변함이 없다.

돌아보면 3년 전에 이미 신문사를 상대로 진행했던 소송 항고심 판결문을 받았다. 이로써 '민족신문'은 세 차례에 걸쳐 자기들의 신문에 정정보도를 실어야 했다. 보이지 않는 권력으로 불리는 언론매체를 상대로 소송을 진행하는 동안 나는 '그릇된 것이 지나가면 바른 것이 나타난다.'라는 말을 소통의 방편이라 여겼다. 그러나 신문사는 정정 기사를 실은 뒤에도 왜곡보도를 계속했다. 언론의 힘이 얼마나 막강하며 그들과 싸워서 이길 수 없다는 사실을 뼈저리게 알아갔다. 그리고 내가 맡은 역할이 너무 싫어서 후회하고 또 절망할 때도 많았다.

오늘 아침, 한때 나를 지지했던 어느 보살님으로부터 승소 판결 기사를 읽었다는 전화를 받았다. 하지만 그것은 이미 6년 전에 확정 판결이 난 일이었다. 돌아보면 금줄개구리 사건은 언론중재위와 법원을 통해 열 번이나 반론보도가 나갔으며 법정에서 이미 승소한 상태였다.

뉴스를 찾아볼 엄두가 나지 않았다. 무슨 말을 해야 할까? 어떻게 말을 해야 할까? 그동안, 이 땅과 강과 바다에서 어떤 일들이 진행 되었는가?

강을 정비한다는 말을 들은 것은 영덕 산자락에 있는 마을로 거처를 옮긴 지 얼마되지 않아서였다. 자연을 효과적으로 이용하고 홍수의 피해를 줄인다는 목적으로 실시하는 국토종합개발 사업이라고 했다.

엄청난 자연 파괴의 계획 앞에서 할 수 있는 일이 아무것도 없었다. 산야가 그렇게 파헤쳐지는 과정에서 고임돌 역할을 해오던 것이 진성산 금줄개구리 살리기 운동이었지만 연이은 단식 끝에 얻은 병이 점점 깊어지고 있었다.

그동안 힘들었던 일들이 떠오르면서 눈물이 쏟아졌다. 보살님은 나를 달래지도 위로하지도 않았다. 우리는 그저 전화기를 마주 들고 함께 울었다.

진실이 드러났지만 달라진 것은 아무것도 없다. 법원이 명한 정정보도는 기획기사 밑에 깔려 알아볼 수 없고 사람들은 아무런 관심을 가지지 않았다. 어쩌면 정정해야 할 부분은 손실액이 아니라 진성산 문제를 바라보는 사람들의 왜곡된 시각이었는지 모른다.

이미 흘러간 물이 되었지만, 가끔 그 당시 언론들이 관점을 생태계로 돌려 습지와 금줄 개구리의 서식지에 관심을 가졌더라면 일이 어떻게 흘러갔을까? 하는 생각이 들었다. 그랬다면 얼마나 아름답고 바람직한 방향으로 진행되었을까? 이 문제는 어디서부터 어긋났으며 그 과정에서 나는 무엇을 잘못했을까? 한동안 이런 질문에서 벗어날 수가 없었다.

이제 안다. 그 일이 나를 찾아온 것은 들어주는 사람이 없었기 때문이었다는 것을. 그리고 내가 존재한다는 이유 하나만으로 세상에 일어나는 모든 일이 나의 책임이라는 사실을.

그러나 여전히 의문은 남았다. 그들에게서 소송의 여왕이라는 말을 들으면서도 법적 투쟁을 멈추지 못한 것은 무슨 까닭이었을까? 자연에 대한 사랑이거나 정의 때문이었을까? 자존심 때문이었을까? 수많은 질문과 대답 끝에 문득 알아냈다. 그것은 환경에 대한 사랑이거나 책임감이거나 정의거나 자존심 때문이 아니라 나의 순정이었다는 것을.

마음이 편안해졌다. 내가 맡은 역할을 마쳤다는 생각과 함께 밀린 숙제를 끝냈을 때처럼 홀가분해졌다. 그러자 세상을 두어 걸음 뒤로 물러나서 보는 느낌이 들면서 한 노인의 얼굴이 떠올랐다.

"이 벼락을 맞을 년아, 무슨 억하심정으로 이 나라의 살림을 말아먹고 있느냐?"

손바닥으로 내 뺨을 때리며 욕설을 퍼부어대던 덩치 큰 남자였다. 나는 그 거칠고 늙은 남자조차 순정으로 품어 안을 때 내가 비로소 자유로워진다는 사실을 알았다.

하지만 가이아의 신음이 내 귀에 들릴 때면 여전히 가슴이 아프다. 중병이 들어버린 대지의 어머니 가이아. 그녀와 나의 육신은 만신창이 상태가 되어버렸다. 나는 머지않아 이 행성을 떠날 것이지만 주어진 과정들을 모두 겪어냈다는 사실에 마음이 홀가분하다.

한때 나를 지지했던 사람들이여. 울지 마라. 나는 떠나더라도 여전히 그대들 곁에 있을 것이다. 당신의 볼을 스치는 한 줄기 바람으로, 가끔은 구름 한 조각이거나 빛나는 햇살 한 자락으로, 또 가끔은 민들레 홀씨거나 작은 꽃잎으로, 아주 가끔은 고운 날개를 가진 나비의 모습으로 그대 앞을 스쳐 지나갈 것이니 그때 그냥 환하게 마주 웃어주기를….

15

초록 평화

"천전리 각석을 구경하고 오는 길이라고요?"

재우가 반갑게 일행을 맞이했다.

그는 곡두의 이야기를 모두 들은 뒤 호세의 얼굴을 들여다보면서 말했다.

"어리지만 마치 거인을 마주하고 있는 느낌이구나. 내가 서울 집을 정리해서 경주로 내려오는 중에 문득 한때 신라 사람으로 살았다는 생각이 들었어. 목수였거나 석공이었거나 사찰에서 탱화를 그렸을지도 모른다는 느낌이었거든. 그렇지 않다면 어떻게 아무런 연고가 없는 경주에서 터를 잡고 살 수가 있겠니."

"고마워요. 아저씨, 그런데 문무왕릉은 여기서 먼가요?"

"30분 정도면 갈 수 있단다. 예전에 추령고개로 넘어갈 때는 가파르고 길이 좁아서 시간이 오래 걸렸는데 죽령 터널이 생기는 바람에 엄청나게 빨라졌지. 그런데도 교통량이 자꾸 늘어나니까 몇 년 전에 토함산 터널을 하나 더 만들었단다."

곡두가 한숨을 내쉬었다.

"우리나라는 산이 많아서 터널이나 다리가 아니면 도로를 연결할 수가 없어요. 생활은 편리해 지는데 사람들은 왜 갈수록 이렇게 바빠지는 걸까요?"

"가속도가 붙어서 그래요. 스스로 멈출 수 없을 정도로…."

호세가 물었다.

"아저씨, 문무왕릉 부근에 감은사라는 절이 있지요?"

"있었지. 하지만 절은 이미 없어졌고 지금은 금당 터만 남아있어."

"혹시 절 아래에 수로가 있다는 말은 못 들었나요?"

"그 말도 오래전부터 있었어. 감은사지 터를 조사할 때 배수로를 발견했다는 소리를 들었지만, 자세한 내용은 내가 알 수 없고… 하지만 물길이 바다 쪽으로 나 있으니 용이 된 문무왕이 해류를 타고 금당을 드나든다는 말이 근거 없이 나왔겠니?"

"탑은 그대로 있나요?"

"금당 터 앞에 삼층 석탑이 동서로 마주 서 있는데 뛰어난 조형미와 장엄함을 갖추고 있다는 찬사를 받고 있단다. 특히 가운데 있는 철심은 신라 건축 예술의 위상을 유감없이 보여준다는 평을 듣고 있지. 감은사 입구에서 매점을 하는 손씨라는 사람이 있는데 용당 토박이로 동탑 해체 작업 때 인부로 일을 했거든. 나와 친분이 좀 있으니 거기 가면 들을 말이 좀 있을지도 몰라."

곡두가 스마트폰으로 검색하더니 소리 내어 읽기 시작했다.

"수중왕릉에 대한 정보는 아주 많네요. 신라 제30대 문무왕의 유해가 안장된 대왕암은 바닷가에서 2백 미터 정도 떨어진 곳에 있는 작은 바위섬이다. 사방에 인공으로 만든 수로가 있고 중앙에 화강암으로 된 반듯한 바위가 있어서 수중 무덤이라고 전해오고 있다."

"몇 년 전에 조사팀이 물속을 수색했는데 무덤은 못 찾았다는 말을 들었어요."

"아무튼… 그곳까지 가야 해요."

호세의 말에 재우는 고개를 흔들었다.

"거긴 일반인들이 들어갈 수 없는 곳이야."

"방법을 찾아봐야겠지요."

"일단은 한번 가보자! 오랜만에 동해 파도 소리도 듣고…."

곡두가 물었다.

"집은 비워 놓고 가도 되나요?"

"보시다시피 가져갈 게 아무것도 없어요."

"선생님은 보기 드문 자유인이에요."

"겉보기만 그렇지 속은 엄청 쪼잔해요."

재우의 말에 모두 웃으면서 곡두가 운전하는 차에 올랐다.

불국사 주차장을 지나 대로를 따라 내려가니 왼쪽으로 층계 논이 모여 앉은 야트막한 산이 눈에 들어왔다. 산 너머로 풍력발전기들이 한가롭게 돌아가고 그 아래 터널 입구가 보였다. 생각했던 것보다 긴 터널을 벗어나니 왼쪽에 생뚱맞게 생긴 사각형의 큰 건물이 나타났다.

"와! 저렇게 이상하게 생긴 집은 처음 보네."

"저게 한수원 건물이란다."

"한수원이 뭐예요?"

"한국 수력과 원자력을 줄여서 부르는 말이지."

"이모! 그럼, 저기서 우리가 쓰는 전기를 만드는 거야?"

하고 한별이가 물었다.

"아니, 발전소는 바닷가 쪽에 있어. 조금만 더 가면 월성 마을이 나오는데 사람 사는 동네 바로 앞에 핵발전소가 있다는 말이야."

곡두는 잠시 헛웃음을 웃었다.

"그때는 발전소가 들어왔다고 좋아하는 사람들이 엄청 많았대요. 핵이 사람에게 어떤 영향을 주는지 전혀 알지 못했으니까…."

"그럼, 저 건물에서는 무슨 일을 하나요?"

"방사능 물질을 다루는 병원이나 공장에서 사용한 핵폐기물들을 모아서 따로 관리하는데, 모르긴 해도 아마 이 부근 어딘가 백 미터가 넘는 깊은 땅속에 동굴을 만들어놓았을 거야. 핵폐기물들을 드럼통에 넣어 밀봉한 뒤 콘크리트 구조물인 사일로 속에 보관시키고 있지. 다시 말하면 너무 위험한 물질이라서 세상과 격리해 놓은 거야. 방사능 물질은 완전히 없어지는 데 십만 년 정도 걸린다고 하니 이 지역은 앞으로 그 기간만큼 핵 쓰레기장으로 있어야 할 운명이지."

"십만 년?"

손가락을 꼽아보던 한별이가 눈을 동그랗게 떴다.

"그래, 한별아. 우리나라는 지금 스물다섯 개의 원자력발전소가 가동되고 있단다. 그런데 방사능폐기물을 처리하고 보관할 시설은 하나도 없어. 결국 발전소 안에 있는 수조에 보관하고 있는데 그건 말 그대로 임시로 보관하고 있는 거지, 처리하는 게 아니잖아."

곡두의 말에 재우가 맞장구를 쳤다.

"그래요. 불편한 진실들은 모르는 것이 훨씬 나은 것 같아요. 오래전, 텔레비전에서 그린피스 대원들이 동해에 핵폐기물들을 버리는 러시아 선박을 따라다니며 제지하는 장면을 본 적이 있거든요. 그 뒤로 동해에 오면 자꾸 그 생각이 떠올라서…."

"러시아뿐만 아니에요. 처음으로 핵 쓰레기를 바다에 버린 나라는 미국이었어요. 1946년에 남동 태평양 지역에 고체 핵폐기물을 몰래 투기한 것이 알려졌지요. 하지만 지금까지 가장 많은 양을 버린 나라는 영국이고요. 스위스, 미국, 벨기에 등이 그 뒤를 잇고 있어요. 이런 폐기물들은 자기 나라 땅에 깊숙이 묻는 방식으로 처리해야 하는데 소위 선진국들이 더 앞장을 서서 이런 행동을 하고 있다는 겁니다. 러시아가 동해에 핵폐기물을 버리는 것을 적발한 건 한국 정부나 일본이 아니라 그린피스 대원들이었어요. 당시 그들은 조그만 모터보트를 타고 대형 호스로 물을 뿌려대는 배를 따라붙으며 목숨을 걸고 저지했었지요. 그 모습이 생중계로 텔레비전에 방영되었는데 사람들에게 큰 충격을 주었어요. 그게 1990년대 중반에 일어났던 일이거든요."

"맞아요. 내가 바로 그 장면을 보았던 겁니다. 그런데 얼마 전 정부에서 동해 핵폐기물의 양이 얼마나 되는지 조사했다는 말을 들었어요. 해류가 크게 움직이지 않아서 별로 영향을 미치지 않는다고 하던데…."

"이 선생님. 그럼, 영향이 있다고 발표하겠어요? 생각해 보세요. 경주에서 기장까지 지금 열두 개의 원자력발전소가 가동되고 있는데 원전이 이렇게 밀집해 있는 곳은 세계 어디에도 없어요. 그런데도 원자력과 관계된 일을 하는 사람들은 더 지어야 한다고 주장해요. 더 큰 문제는 경주와 포항 지역 일대가 지진 안전지대가 아니라는 사실입니다. 나는 우리나라 모든 핵발전소가 내진성능 평가를 다시 받아야 한다고 생각해요. 그래야 무슨 대책을 세울 것 아닙니까?"

지진이라는 말에 재우가 새삼스럽다는 듯이 말했다.

"지난번 경주에서 지진이 났을 때 제가 마침 집에 있었거든요. 갑자기 우웅~ 하는 굉음이 들리는데 전쟁이 일어난 줄 알았어요. 아무튼 그때 한옥의 기왓장이 떨어져서 피해가 많았지만 수오재는 괜찮았어요. 옛날 전통 방식으로 지은 한옥은 못을 사용하지 않고 기둥과 서까래도 나무를 깎아서 이음새를 만드는데, 그게 내진 효과가 있다는 사실을 알았지요. 경주는 한동안 관광객들의 발길이 끊겨서 경제적으로 타격을 많이 받았어요. 얼마 뒤에 포항에서 일어난 지진도 규모에 비해서 피해가 엄청나게 컸지요."

"포항 지진은 섣불리 추진한 지열발전이 만들어낸 인재라는 것이 밝혀졌잖아요."

"이모, 사람이 어떻게 지진을 일으킬 수 있어?"

한별이가 물었다.

"지열발전이란 것이 있단다. 땅속에 있는 열을 이용하여 전기를 만드는 방법인데 아이슬란드나 인도네시아에 있는 화산 지대에서는 땅을 조금만 파 내려가도 열을 확보할 수 있지. 하지만 포항에 있는 지열발전소는 땅속으로 5킬로미터 정도 길이의 구멍을 두 개 뚫은 거야. 한쪽에는 물을 주입해서 데우고 다른 쪽으로 뜨거워진 물을 끌어 올려서 전기를 만드는 방식인데 그게 한마디로 밥을 팔아 똥을 사 먹는 것처럼 비효율적이었다는 말이지."

"밥을 팔아서 똥을 사 먹었다고? 이모, 그게 무슨 말이야?"

한별이가 눈을 동그랗게 뜨고 물었다.

"어른들이 바보짓을 많이 한다는 것을 빗대는 말이지."

곡두는 재우를 향해 말을 이어 나갔다.

"사실 그 당시에도 반대 여론이 많았어요. 땅을 깊이 파야 하고 물을 주입하는 과정에서 주변의 단층을 자극할 수 있다는 염려도 있었고… 올봄, 정부조사단에서 공식적으로 발표를 했는데 발전소 인근에 단층면이 있다는 결과까지 나왔어요. 목적이 돈에 있으니까 다들 대충대충 작업을 했다고 봐야지요."

한별이가 고개를 갸웃거렸다.

"나는 이모가 지금 무슨 말을 하는지 모르겠어."

"어른들이 자기 손가락으로 제 눈을 찌르는 짓을 하고 있다는 말이란다."

"아니, 자기 눈을 왜 찔러? 엄청 아플 텐데…."

"그러니까 하는 말이다."

곡두는 한숨을 푹 내쉬더니 계속 말을 이어 나갔다.

"경주는 그 뒤로 크고 작은 여진이 7백 번 이상 계속되었어요. 전문가들은 한반도의 단층이 움직이기 시작했다면서 추가 지진 가능성을 경고하고 있습니다. 하지만 나는 지진보다 원자력발전소가 더 무서워요. 만에 하나 2차 피해가 발생한다면 어떻게 감당할까요? 후쿠시마 사태가 남의 일이 아니라는 말이에요. 문제는 원전 마피아들인데 이들의 질주를 막을 방법이 없어요. 주민들은 그 사람들의 감언이설만 믿고요."

"곡두 씨 지금 너무 흥분했어요."

재우가 건네주는 물을 한 모금 마시고 곡두는 잠시 말문을 닫았다.

"네팔에 지진이 났을 때 카트만두로 봉사하러 갔었어요."

조금 진정되었는지 낮은 목소리였다.

"아이고, 곡두 씨는 활동 범위가 국제적이군요."

"그게 아니고요. 서울 홍대 앞에서 카페를 운영하는 친구가 있는데 오래전부터 환경운동을 함께 해왔어요. 남편이 네팔 사람인데 갓난아기를 업고 시댁으로 가겠다는데 어떡해요. 내가 대신 나설 수밖에…."

"친구도 그렇지만 곡두 씨도 참 대단하네요."

"내 일처럼 느껴져서 그냥 있을 수 없었어요. 이웃이 어려움을 당했을 때 인간의 본성이 강하게 작동한다는 말이 있더군요. 그래서 말세가 되면 사람들의 양심을 일깨우기 위해서 재난과 전염병이 많이 돈다는 말도 있고요. 아무튼 그때 뉴스에는 8,500명 정도가 죽고 1만 명이 다쳤다고 했는데 현지 사람들의 말로는 피해자가 훨씬 더 많다고 했어요. 규모 7.9의 강진이었지요."

"친구 집은 괜찮았나요?"

"집은 형태도 찾아볼 수 없을 만큼 무너지고 시아버지가 건물 더

미에 깔려 허리를 다쳐서 지금도 고생하고 있대요. 정말 눈앞에서 일어나는 일인데도 현실로 믿어지지 않았어요. 그때 네팔 지진은 예고된 재앙이었다는 말이 많았지요. 전문가들이 네팔에 규모 8 이상의 강진이 올 것이라고 했답니다. 30만 명의 사망자를 낸 아이티 대지진 다음 차례는 불의 고리 안에 들어가 있는 네팔이라고…."

한별이가 다시 물었다.

"이모, 깊은 땅속에서 일어나는 일을 어떻게 알 수 있지? 보이지도 않는데…."

"그런 걸 알려고 계속 공부하고 연구도 한단다."

"그럼, 이모. 땅 하고 사람이 싸우면 누가 이겨?"

"사람하고 땅은 비교할 상대가 아니야."

한별이가 말문을 닫자 재우가 끼어들었다.

"환경 파괴의 결과는 문명의 혜택을 누리지 못하는 사람과 야생동물들에게 먼저 나타나는 것 같아요. 언젠가 텔레비전에서 봤는데 새끼 코끼리가 물을 마시려고 잠시 무리에서 벗어나는 바람에 길을 잃고 헤매다가 목이 말라서 죽어버린 거예요. 그 장면을 생각하면 나는 지금도 가슴이 아파요."

"가뭄이나 폭염은 이제 아프리카만의 문제가 아닌 것 같아요. 얼마 전엔 시카고에서 폭염으로 일주일 만에 7백 명이 사망했었다는 이야기도 들었고요."

"아니, 언제 그런 일이 있었어요?"

"제가 고등학교 다닐 때 일인데 그때는 몰랐어요. 당시 희생자들은 대부분 빈민가에서 선풍기조차 없이 살던 노약자들이었답니다.

작년 우리나라에서도 폭염으로 수십 명이 죽었다고 하더군요."

"지난해 무더위는 정말 끔찍했어요. 왜 그렇게 비가 오지 않는지…."

"인간들이 참 어리석다고 느껴져요. 곤충이나 새들은 천재지변을 미리 알고 피하잖아요. 그런데 인간은 그런 재주도 없으면서 잘난 척하는걸요. 호세가 다른 행성에서 왔다고 하면 우주 과학자들이 웃을 겁니다. 하지만 가슴에서 들리는 소리가 정확할 때가 많잖아요."

재우가 목소리를 낮추어 물었다.

"그럼, 곡두 씨는 그 말을 믿는다는 말입니까?"

"그럼, 선생님은 안 믿어요?"

"믿고 안 믿고를 떠나 상식적으로 생각할 때…."

"사실 그 상식이라는 틀이 늘 문제죠."

그러는 사이에 차는 감은사지 주차장에 도착했다.

16

비단벌레

나는 손현수다.

　경주시 양북면에서 태어나 예순 중반을 넘긴 지금까지 이 마을에서 살고 있다.

　감은사지 석탑에 발목을 붙잡힌 뒤로 문화재 보수 일을 하고 있지만 지금은 나를 찾는 사람이 거의 없다. 아내는 자식들 교육을 핑계로 도시에서 머무르다가 아이들이 제 짝을 찾아서 가정을 꾸리고 나자 어쩔 수 없이 내 곁으로 내려왔다. 우리 부부는 지금, 부모님이 물려준 농지를 처분한 돈으로 감은사지 입구에 매점을 인수해서 운영하고 있다.

　30대 중반까지 나는 대구에서 직장 생활을 했다. 1996년 봄, 다니던 회사가 문을 닫는 바람에 본가에 잠시 쉬러 들렀는데, 마침 동탑을 복원하는 작업이 진행되고 있었다. 이장이 권하는 바람에 단순 인부로 일을 하다가 현장 반장의 눈에 들었고, 일당이 높고 힘이 드는 일도 아니어서 받아들였던 것이 인생행로를 바꾸어놓은 것이다.

나는 삼층 탑신에서 사리장엄구가 발견되었을 때의 놀라움과 감동을 지금도 잊지 못한다. 손가락 크기 정도의 불상과 봉황 그림이 새겨진 와당, 막새, 풍탁 등이 쏟아지는 것을 보면서 그 정교함과 아름다움에 감탄했었다. 그 바람에 다른 직장을 구하려던 마음을 접고 발굴 작업이 마무리되는 4년 동안 현장에 있었다. 서쪽에 있는 탑은 내가 세 살 되던 때 보수를 했다는 정도만 알고 있지만, 동탑 해체 작업은 직접 참여했기 때문에 손바닥을 보는 것처럼 잘 안다.

동탑 해체 작업이 마무리된 후에는 성실성을 인정받아 반월성 월성 해자 발굴 작업장으로 불려 갔다. 그곳에서 6년 정도 일하면서 본격적으로 석탑과 옛날 건축물을 보수하는 기술을 익혔다.

나는 고향으로 돌아온 것이 좋았다. 감은사지는 우리들의 놀이터였고 두 탑은 놀이기구로 사용되었다. 그때까지만 해도 절터 중간에 큰 연못이 있었고 동네 사람들은 그곳을 용대 덤벙이라 불렀다. 우리는 여름이면 마을 앞을 흐르는 대종천에서 물고기를 잡고 덤벙에서 다이빙을 하며 놀았다. 금당 아래 문무왕릉으로 가는 수로가 있다는 말은 들었지만 직접 봤다는 사람은 없었다.

토함산에서 발원한 물줄기가 흘러 바다에 이르는 곳에 문무 수중왕릉이라고 불리는 바위섬이 있다. 가운데가 못처럼 패고 둘레는 자연 암석이 일정한 간격으로 배치되어 있다고 들었다. 어른들은 이곳을 신성하게 여겨서 부근에서는 고기를 잡지 않았고 배를 타고 지나갈 때도 합장을 하거나 둘러 다녔다.

중학교에 들어갈 무렵 친구들과 몰래 바위섬으로 들어가 어른들의 말을 확인했다. 여름이 되면 또래들과 대왕암이 있는 봉길해수욕장까지 자주 원정을 갔었다. 그리고 초소 경비병들의 눈길을 피해 대왕암까지 헤엄을 쳐서 들어가 다이빙을 하며 놀았다. 경비병들은 우리가 동네 아이들이라는 것을 알고 눈을 감아 줄 때가 많았다.

대왕암은 사방으로 트인 평평한 웅덩이 중앙에 십자형 수로가 있었다. 동쪽에서 들어온 물이 서쪽 바위 턱을 넘어 흘러 나갔으며 그 중간에 거북등 모양의 돌이 놓여있고, 파도의 영향을 전혀 받지 않는 바닷물이 이 돌 위를 들고나며 넘실거렸다.

바위섬 안쪽에 올라서서 사방을 둘러보면 어린 내 눈에도 대왕암은 단순한 갯바위가 아니라 왕의 유골이 수장된 곳이라고 믿기에 충분한 기품이 있었다.

수중 무덤에 대한 자세한 정보는 어른이 되어서야 알았다. 문무왕의 유골 장치가 있다는 설에 따라 수중 탐사를 했지만 달리 발견한 것이 없다는 말도 들렸다. 다만 외곽을 둘러싼 바위 안쪽에 인위적으로 손을 댄 흔적이 있다는데 우리가 어릴 때 보았던 그 돌을 말하는 것 같았다.

고향에 눌러앉은 뒤로는 계속 유물과 관계된 일을 하고 살았다. 그러다 보니 동네 사람들은 내가 문화재를 보수하는 일밖에 모른다고 여긴다. 하지만 내 가슴속에는 아무에게도 말할 수 없는 큰 비밀이 있다.

기림사에서 용연폭포 쪽으로 가는 함월산 깊숙한 숲속에 나만 아는 비밀 공간이 있다. 좁고 험한 길 끝인 데다가 입구가 돌아앉아서 전문 등산가들도 모르고 지나치는 곳이다. 이 숲속에는 온갖 종류의 이끼들이 자라고 푸른 안개가 나무들을 감싸고 있다.

나는 이곳에서 멸종이 되었다는 비단벌레를 발견했다. 그리고 해마다 초여름이 되면 홀로 이 숲속을 찾아간다. 동네 사람들이 나를 감은사지 지킴이라고 부르지만 정작 내가 지키고 있는 것은 비단벌레인 셈이다. 지킨다는 말을 하고 보니 어색하다. 왜냐하면 나는 그들을 바라볼 뿐 아무것도 하는 일이 없기 때문이다.

비단벌레에 대한 말을 들은 지는 아주 오래되었다. 신라시대 왕릉 중에서 가장 크다는 황남대총에서 비단벌레 장식 말안장 뒷가리개가 출토되었다는 말을 들었을 때부터였으니까… 하지만 발견된 즉시 원형을 보존하기 위해 글리세린 용액에 넣어 수장고로 들어가 버렸다고 했다.

실제로 비단벌레 날개를 본 것은, 발굴된 지 38년 만에 처음으로 세상에 공개된 날이었다. 마침 그날 나는 경주박물관 부근에서 오전 작업을 끝내고 점심을 먹으러 식당으로 가고 있었다. 그때 문득 4차선 도로를 가로지르는 현수막이 눈에 들어왔다.

'황남대총 신라 왕, 왕비와 함께 잠들다.'

비단벌레 날개로 만든 말안장 가리개가 공개된다는 글자를 보는 순간 무엇에 홀린 듯이 박물관 안으로 들어갔다.

말안장 가리개는 촉수가 아주 낮은 조명 아래 따로 전시되어 있었다. 금속은 많이 부식되었지만, 금동의 맞새김판 아래 촘촘히 깔

아놓은 날개는 그 많은 세월이 흘렀음에도 보석처럼 빛나고 있었다. 그리고 영롱한 초록색이 내 마음속에 잔잔한 파문을 일으켰다.

박물관 한쪽 특별 코너에 복원한 말안장 가리개 장식품이 전시되어 있었는데, 너무 화려해서 장엄한 느낌까지 들었다. 우리나라에서는 비단벌레가 오래전에 멸종되어서 복원에 사용된 천여 마리의 비단벌레는 일본 사람이 양식한 것을 기증받았다는 안내판이 보였다.

순간 머릿속에 떠오른 것은 산 벚나무와 아름드리 팽나무가 지천이던 동네 뒷산에서 흔하게 보던 벌레였다. 여름 방학이 되면 잠자리채로 잡아서 곤충 표본을 만들었지만 이름 따위는 관심 없었다. 어른들은 그 벌레가 나무에 피해를 주고 특히 새끼가 잎을 갉아먹으며 자란다면서 보이는 대로 잡아 죽였다.

특별전이 열리는 사흘 동안 나는 매일 박물관으로 갔다. 비단벌레 날개의 신비로운 색상에 매료되었던 것이다. 그리고 그해 여름이 되자 동네 인근 숲을 살피고 다니기 시작했다. 사람들의 눈에 잘 띄지 않는 어딘가에서 분명히 살고 있을 것 같았다. 그러나 토함산과 함월산 구석구석을 헤맸지만 한 마리도 발견할 수 없었다.

다음 해 여름부터는 인근에 있는 벚나무와 느티나무, 오래된 팽나무 군락지를 본격적으로 찾아다녔다. 그들이 활엽수림에서 짝짓기를 한다는 말이 기억났기 때문이다. 나는 비단벌레가 멸종될 만큼 허약한 곤충이 아니라는 믿음이 있었다. 그런 나를 두고 동네 사람들이 수군거리는 모양이었지만 해명하고 싶은 마음이 없었다.

그렇게 산속을 헤매고 다닌 지 5년 만에 토함산과 함월산 사이에 있는 수렛재에서 한 마리를 발견했다. 처음에는 청동 딱정벌레 종류인 줄 알았다. 딱정벌레 또한 비단벌렛과에 속하는 곤충으로, 생김새는 비슷하나 앞날개에 검붉은 색의 세로띠가 있는 것이 다르다.

넘어지고 미끄러지면서 비단벌레를 따라가다 보니 울창한 활엽수림이 나타났다. 그리고 숲속 끝에서 무리 지어 날고 있는 그들을 발견했다. 순간, 눈시울이 뜨거워졌다. 돌이켜보면 그것은 생명의 아름다움과 신성함에 감복하여 흘러내린 눈물이었던 것 같다.

그 뒤로 여름이 되면 숲속으로 숨어들었다. 비단벌레는 개체 수가 늘어나는 것 같았지만 어른들의 말과 달리 나무들은 건강하고 숲은 조화로웠다. 그곳에서 어울리지 않는 생명체는 나밖에 없었다.

몇 년 뒤에 비단벌레가 천연기념물로 지정되었다는 소식을 들었다. 뒤늦게나마 그리된 것은 다행이지만 문화재청이 나선다고 썩 도움이 될 것 같지는 않았다. 희귀 생명체를 보호하는 가장 좋은 방법은 가만히 두는 것 이상 없다고 믿었다.

나는 비단벌레를 아끼는 만큼 감은사지 또한 귀하게 여겼다. 그래서 시간이 날 때마다 주변 청소를 즐겨했는데 문무왕을 존경하는 마음이 그런 행동으로 나타나는 것 같았다. 어쩌면 그의 숨결이 서린 땅에서 태어나고 자라면서 명군이었다는 말을 들었기 때문인지도 몰랐다.

돌아보면 이 땅에 왕과 대통령들은 수없이 존재했지만, 나라와 백성을 위한 임금은 극히 드물었다. 문무왕은 한반도를 정복하려는 당나라 군대를 몰아내고 실질적으로 삼국을 통일한 왕이지만 능묘가 없다. 그가 왜 일반 서민들조차 좋은 땅에 묻히고자 하는 평범한 소망을 마다하고 바닷속으로 들어갔는지 알 수 없었다. 외국으로부터 동해를 지키겠다는 마음으로 유언을 했다지만 그 이면에 뭔가 알 수 없는 이유가 있을 것 같았다.

감은사는 문무왕이 불력佛力으로 나라를 지키겠다는 호국정신으로 짓기 시작한 사찰이다. 그가 불사를 하던 중에 세상을 떠나자 아들인 신문왕이 완공했으며 아버지의 은혜를 기리는 뜻으로 감은사라는 이름을 붙였다. 또한 해룡이 되어 나라를 지키겠다는 유언에 따라 아버지의 영혼이 자유롭게 드나들 수 있도록 수로를 만들었다는 말이 전해 내려온다. 그것을 증명이라도 하듯이 감은사 금당은 여느 절과는 다른 구조로 되어 있다. 바닥을 높게 들어올린 뒤에 돌을 놓아 공간을 두었으니 무언가가 드나들 수 있도록 배려한 건축법이었다.

우리 할아버지는 자신이 어렸을 때 들었던 이야기를 자주 해주었다. 절 입구까지 바닷물이 들어왔으며 사람들이 추령고개 아래까지 배를 타고 다녔다는 것이었다.

왕위를 이어받은 신문왕은 사찰 앞에 신라 문화를 상징하는 석탑을 마주 세웠다. 이것은 위엄과 함께 일본을 향한 엄포가 내포되어 있었다. 하지만 훗날 그들의 식민지가 되는 뼈아픈 현실을 겪어야 했으니 문무왕의 원혼이 가슴을 치며 통곡할 일이었다.

돌아보면 아까운 것들이 너무 많이 사라졌다. 인근에 있는 읍천항에도 원자력발전소가 들어서는 것과 함께 자연경관이 대부분 훼손되었다. 해산물을 채취하여 생활하던 해녀들이 갑상샘암에 걸려 고통을 받고 있다지만 원인이 무엇인지 밝혀진 것이 없다는 소문이다. 쥐꼬리만큼 남은 부채꼴 모양의 주상절리 앞에도 거대한 전망대가 들어서면서 바닷가에 지천이던 자갈들이 모두 사라졌다. 시멘트 구조물로 매립한 바닷가에는 식당과 카페가 우후죽순으로 생겨났고 사람들은 이것을 두고 발전했다고 좋아한다.

대종천은 또 어떤가? 돛배가 다닐 정도로 풍부했던 강물은 원자력발전소가 들어서는 것과 함께 허옇게 바닥이 드러났다. 발전소를 지을 때 강물을 지하로 끌어가는 공사를 했다는 말이 들리지만 확인된 것도 없고 증명할 방법 또한 모른다.

우리 할아버지가 잡아 오던 팔뚝만 한 뱀장어는 이제 전설 속의 고기가 되고 말았다. 죽령터널에 이어 토함산 속살을 뚫고 4차선 새 도로가 생기면서 자동차들이 그 위를 총알처럼 날아다닌다. 그뿐인가. 인근 지하 어딘가에 핵폐기물 저장고까지 생겼다니 폭탄을 밟고 있는 것처럼 느껴질 때도 있다.

사람들은 산과 바다를 그냥 두지 못한다. 이제 자연은 이익을 창출하는 하나의 도구가 되어버렸다. 나는 가끔 함월산 숲속에 있는 비단벌레의 서식처가 통째로 날아가지 않을까 안절부절못할 때가 있다. 그런 날은 누군가를 붙들고 말을 하고 싶어진다. 문화재청에 신고하고 싶을 때도 있지만 이내 도리질을 한다.

올해도 나는 비단벌레를 만나러 갈 것이다. 안개처럼 가만히 숲속으로 스며들어 살아 있는 보석들의 날갯짓을 볼 것이다. 그리고 어쩌면 그 아름다운 군무를 혼자 보고 있는 외로움으로 눈물을 흘릴지도 모른다.

17

승리자

나는 금관가야의 마지막 왕이다.

사람들은 나를 김구형 혹은 구형왕이라고 부른다. 겸지왕의 아들로 태어나 521년에 즉위하여 11년 동안 왕좌에 있었다.

역사가들은 나를 신라에 나라를 바친 무능한 왕으로 기록하고 있다. 스스로 항복하고 나라를 내주었다는 사실은 죽어서도 벗어날 수 없는 멍에다. 굳이 변명하자면 나는 신라를 상대로 전쟁을 하는 것은 명분이 없다고 생각했다. 또한 승패가 뻔히 나와 있는 전쟁을 자존심 때문에 벌인다는 것이야말로 가장 어리석은 일이라 여겼다.

예상했던 대로 아들들은 극구 반대했다. 특히 셋째 아들 무력은 피를 토하듯이 울부짖었다.

"아바마마, 항복이라니요. 5백 년 역사를 이어온 가야를 그대로 넘긴다는 말씀입니까? 목숨이 다할 때까지 싸우다가 죽는 것이 도리가 아니겠습니까?”

“싸우다 죽는 것이 도리라고? 그래서 우리가 얻는 것이 무엇이더냐?”

호통을 쳤지만, 그것이 가야 왕족의 마지막 자존심이라는 것을 모를 리 없었다. 하지만 전쟁에서 지고 난 뒤에 신하와 백성들은 부모 잃은 아이들처럼 천덕꾸러기 신세가 될 것은 불 보듯 뻔한 일이었다.

나는 젊었을 때 이사부 장군과 맞붙어 싸운 전력이 있지만 3년이 지난 뒤부터 우리가 그들의 적수가 되지 않는다는 사실을 깨달았다. 법흥왕은 10대의 나이에 이미 동북 지역의 군사 총책임자 자리에 있었다. 당시 그가 이사부 장군과 함께 가야 땅에 왔을 때 나는 소모적인 전쟁을 하지 말자고 부탁했으며 혼인동맹을 맺으려고 유화 정책을 쓰기도 했다. 그런 까닭에 최소한 자존심은 살려줄 것이라는 믿음이 있었다.

금관가야는 한반도에 고구려와 백제와 신라 등 삼국 구도가 되기 전부터 낙동강 유역에 터를 잡고 번성한 나라였다. 김해에서 생산되는 철은 모든 나라에서 화폐로 쓰일 만큼 중요한 지하자원이었고 지리적으로도 경상도 내륙은 물론이고 중국과 왜국을 연결하는 교통의 중심지였다.

우리 선조들은 낙동강의 특성을 잘 활용하여 중국의 선진 문물을 받아들였고 경상도 지역에 분포해 있는 부족 국가들과 중계무역을 진행했다. 강을 끼고 형성된 작은 나라들과 국가 연맹 체제의 관계를 맺었으며 외부적으로는 인도와 일본, 중국과 교역하면서 철기 문화를 발전시키기도 했다. 또한 강력한 군사력을 갖추고 있어서 고구려와 신라와 백제는 물론이고 왜국까지도 함부로 우리를 침략하지 못했다. 특히 개마무사의 철제 무기와 갑옷과 투구, 마구 들은 주변 국가의 기술을 압도할 정도로 발달해 있었다. 병력의 수가 모자랄 때는 왜인들에게 철정과 철제품을 주고 용병으로 대거 고용하기도 했다. 또한 줄기차게 무기를 연구했으니 우리의 기세를 꺾을 자가 아무도 없었다.

아쉽다. 우리 조상 중에서 법흥왕처럼 중앙집권체제의 강력한 국가관을 가진 왕이 있었더라면 한반도의 역사는 완전히 달라졌을 것이다. 나 또한 미래를 내다보는 식견이 없었고 대비도 하지 못했다. 한마디로 가야는 인근의 작은 나라들과 힘을 합쳐 선조들이 물려준 땅을 지키는 수준에 머물러 있었으니 좋게 말하면 평화를 사랑했고 반대로 보면 지극히 소극적이고 무능했다.

서기 4백 년 광개토대왕이 고구려 군사 5만 명을 신라에 보냈다. 왜군을 물리치는 데 힘을 보탠 이른바 '경자대원정'이었다. 당시 백제는 고구려를 저지하기 위해 왜국과 가야 세력과 동맹을 맺었고 신라는 이에 맞서고자 고구려와 힘을 합쳤다.

왜국이 신라를 공격하자 고구려 광개토대왕은 보병과 기병을 보내는 것으로 신라를 구했다. 고구려 군대는 신라 국경에 집결한 왜군을 격파한 후 가야의 종발성까지 진격했다. 이 전쟁으로 한반도의 정세는 급변했다.

고구려의 강력한 상대였던 백제는 모든 국력을 쏟았지만 패배했고 금관가야는 복구하기 힘든 타격을 받았다. 대가야와 아라가야 세력들과 힘을 모은 백제는 고구려를 저지했고 신라는 이에 맞서고자 고구려와 손을 잡았으니 우리가 대적하기에는 이미 너무 강한 상대가 되어버렸다.

그런 상황에서 신라는 고구려의 영향력에서 완전히 벗어나 삼국을 통일하기 위한 준비를 갖추었으니 정복의 첫 대상국으로 가야를 겨냥한 것이다. 가야연맹체의 맹주였던 금관가야의 영화는 한낱 물거품에 불과했다. 하지만 나는 믿는 구석이 있었다. 김알지가 세운 신라와 김수로를 시조로 한 가야의 합병은 어떤 면에서는 두 김 씨의 결합이 될 수 있다고 본 것이다. 그것은 엄청난 심적 갈등 끝에 얻은 결론이었다.

세 아들이 항복 의례를 준비하여 국고의 보물을 들고 신라로 갔을 때 법흥왕은 내가 짐작했던 대로 친히 맞아주었다.

"참으로 훌륭한 가야국의 왕자들이다. 예의를 다하여 맞이하도록 하라."

전쟁을 치르지 않고 금관가야를 손에 넣은 법흥왕은 신라의 힘을 천하에 알릴 수 있는 절호의 기회를 잡았다.

그는 나에게 최고의 관직인 상대등 자리와 함께 금관국을 식읍으로 삼게 해주었다. 세 아들 또한 진골 귀족으로 대우하면서 능력에 따라 높은 관직에 오를 기회를 제공했으니 경주 김씨와 김해 김씨가 연대했다는 것을 세상에 보여준 셈이었다. 그리하여 금관가야는 역사 속으로 사라졌지만, 백성들은 전쟁을 치르지 않고 평화로운 일상생활을 누릴 수 있었다.

하지만 법흥왕은 호락호락한 인물이 아니었다. 아들들을 가야 땅에서 최대한 멀리 떨어진 한강 유역으로 보냈으니 자신들의 능력을 한껏 발휘할 기회를 주는 것과 동시에 세력이 부활하지 못하도록 막는 이중 포석이었다. 법흥왕의 속셈을 눈치챈 아들들은 철저하게 신라인이 되기로 결심한 것 같았다.

　그리하여 무덕은 관산성전투에서 백제의 성왕과 좌평 등 네 명을 한꺼번에 죽인 공으로 각간의 벼슬까지 올랐고 무력 또한 신라인들로부터 영웅이라는 칭송을 받으며 활약했다. 그 뒤 무력은 진흥왕의 딸인 아양공주와 혼인을 하여 아들 서현을 낳았고 서현은 진평왕 때 장수로 활동했다. 서현이 진흥왕의 질녀인 만명 공주와 사랑에 빠져 결혼하게 된 사연은 후세에 전해질 정도로 유명하다. 두 사람은 슬하에 2남 2녀의 자녀를 두었는데, 그 장남이 바로 김유신이다. 나의 아들인 무력과 양산 지방 도독을 지냈던 손자 서현, 그리고 증손자인 유신은 자신의 능력을 최대한 발휘하여 무공으로 신라에 충성했다. 그리고 3대에 걸친 이 공로는 법민이 왕좌에 오르는 토대가 되었으니 그때부터 신라 왕실은 김해 김씨들이 차지하게 되었다.

　금관가야를 신라에 넘겨준 지 4년 만에 나는 세상을 떠났다. 그리고 죽은 뒤에 거친 돌로 묻어달라고 유언했으니 후손들이 내 진심을 헤아리기 바라는 마음 때문이었다. 나는 씻을 수 없는 치욕을 안고 세상을 떠났지만, 역사는 나를 보이지 않는 승리자로 만든 셈이었다. 달이 차면 기울고 기울었다가 다시 차오르는 것처럼 국가의 흥망성쇠는 돌고 돌아가는 법, 한 자리에 머물러 있는 것은 그 어떤 것도 없다.

신라 군사와 싸우다가 죽게 해달라고 눈물로 간청하던 무력은 그런 나의 심중을 알았기에 그토록 신라에 충성했을 것이다. 무력의 아들인 서현 또한 제 아버지의 뜻을 잊지 않았을 것이며 증손자인 김유신에게 이심전심으로 전달되었을 것이 분명하다.

김유신.

그가 내 무덤 앞에서 7년 동안 수련하며 무술을 익힌 시기가 있었다. 나는 돌무덤 속에서 왕산 골짜기를 쩌렁쩌렁 흔드는 그의 기합 소리와 경호강 강가를 달리는 말발굽 소리를 들었다. 그리고 마침내 유신과 법민이 삼국 통일의 주역이 되었으니 내 한을 풀어준 셈이다.

과연 진정한 승리자는 누구인가?

18

변명

나는 북극성에서 온 문무왕이다.

지구 사람들은 오래전부터 이 별을 정신적 지주로 삼았으며 먼 길을 이동할 때는 나침반으로 이용했다. 하지만 그들은 북극성이 어떤 별인지 자세히 알지 못했다.

북극성에는 윤회를 벗어나 진화한 생명체들이 존재하고 있다. 그들은 지구를 여러 드라마가 펼쳐지는 행성이라 여기며 가끔은 직접 출연하기 위해 역할을 가지고 오기도 한다. 대부분 평범한 모습으로 오지만 장애인이나 악역을 자처할 때도 있다. 이유는 인간이 가지고 있는 자유 의지를 경험하고 사랑을 실천하기 위해서다. 나도 그런 목적을 가지고 지구에 왔다.

태종 무열왕과 문명왕후를 부모로 선택했으니 왕족이라는 특별한 조건을 가지고 온 셈이다. 당시 사람들은 나에게 외모가 뛰어나고 영특하며 행동이 민첩하다는 찬사를 보냈고, 후손들도 문과 무를 겸비한 왕이었다고 평가한다.

나의 아버지 김춘추는 김유신의 누이인 문희와 혼인했다. 이 결혼으로 금관가야는 진골 귀족에 편입되었으며 정치와 군사적인 결합을 완벽하게 이루었다.

그리하여 아버지는 성골들만이 왕위에 오를 수 있는 제도를 뛰어넘어 왕족이 아니면서 왕이 된, 진골 계통 최초의 왕이 되었다. 그런 이유로 사람들은 태종 무열왕이라는 옹호보다 김춘추라는 이름으로 더 많이 불렀다.

진덕여왕이 죽은 뒤 쉰두 살의 나이에 왕위에 오른 아버지는, 2년 뒤에 나를 세자로 책봉했다. 나는 아버지를 닮아서 용모가 출중하고 사람을 설득하는 재주가 좋다는 말을 많이 들었다. 사람들은 내가 영특하고 총명하며 지략이 뛰어나다고 칭송했지만 내 삶은 계속 전쟁을 할 수밖에 없는 상황의 연속이었다.

지구에서 내게 주어진 시간은 시위를 떠난 화살처럼 빠르게 흘러갔다. 어느 날 문득 정신을 차리고 돌아보니 나는 이미 생로병사의 마지막 과정에 와 있었다. 사랑을 실천한 적이 한 번도 없었다는 생각과 함께 깊은 자괴감으로 괴로웠다. 그러나 아버지가 목숨을 걸고 이룬 것을 지켜야 한다는 막중한 책임감은 여전했다.

백제를 정복했지만 내 앞에는 거대한 고구려가 버티고 있었다. 나는 전쟁의 소용돌이 속에서 내부적으로 당나라와 내통한 사람들을 단호하게 숙청하는 결단력을 보였다. 특히 귀족들에게 엄격했으니 부귀와 영화는 맛을 알면 알수록 계속 누리려는 속성이 있다는 것을 알기 때문이었다. 그런 심리를 역이용하여 다른 한편으로는 사신들에게 뇌물을 먹여가면서 국가의 실리를 추구하였다.

내 주변에는 의상이나 지의대사처럼 바른 이치를 일깨워주는 사람들이 있었다. 우리는 서로 깊은 연대감을 가지고 국가의 대소사와 시정을 의논하는 사이였다. 서라벌을 지킬 목적으로 성벽을 쌓으려 들었을 때 의상대사가 말했다.

"들판에서 띠로 엮은 집에 살아도 사람의 도리를 행하면 복이 됩니다."

그는 전쟁에 지친 백성들을 잘 돌보는 것이 중요하다는 사실을 늘 일깨워주었다.

지의대사 또한 그랬다. 궁궐 안뜰을 거닐다가 내 심중을 털어놓았을 때였다.

"대사, 나는 죽은 뒤에 용으로 환생하고 싶소이다."

그는 놀란 표정을 지으면서 머리를 조아렸다.

"왕이시여, 용은 축생도가 아닙니까? 이 세상에서 맡은 역할이 끝나시면 본연의 자리로 돌아가시는 것이 순리인 줄 아옵니다."

"아니, 나는 해룡이 되어서 동해를 왜국의 침입으로부터 지키고 싶소."

"인간은 각자의 업장에 따라 육도 윤회를 돌고 있습니다. 그 애민의 마음조차 거두시는 것이 정도인 줄 아옵니다."

"애민이라…."

지의는 내 마음을 꿰뚫고 있었지만 이미 본성이 변질해 버렸다는 사실을 모르고 있었다. 물론 나는 북극성으로 돌아가고 싶었다. 하지만 아버지와 외삼촌을 따라 전쟁터를 누비면서 얼마나 많은 사람을 죽였던가? 그런 생각을 하고 보니 증조할아버지인 가야국의 구형왕이 떠올랐다. 그리고 그분이야말로 사랑으로 백성들을 돌본 사람이라고 생각했다.

내가 폐사가 된 왕산사에 30경의 전답을 주어 매년 제사를 지내도록 한 것은 구형왕의 애민정신을 본받기 위해서였다.

왕위에 오른 지 13년 지나서 오른팔과 같은 김유신 장군이 세상을 떠났다. 외삼촌인 유신은 마지막 숨을 거두는 순간까지도 나라를 걱정했으며 죽어서도 신라를 지키겠다는 유언을 남겼다. 당대 최고 장수가 임종하는 자리를 지키면서 지난날을 돌아보았다. 처음부터 삼국통일이라는 원대한 목표가 있었던 것은 아니었다. 전쟁이란 권력을 가진 몇몇 사람들의 세력 다툼일 뿐이고 백성들은 그저 자기가 있는 자리에서 무탈하게 살면 되는 일이라 생각했다. 전쟁이 일어나면 가장 피해를 보는 것이 여자들과 어린아이와 노약자라는 것을 알고 있지만 현실은 전쟁을 계속 할 수밖에 없는 방향으로 흘러가고 있었다.

660년, 백제를 멸망시킬 때 신라에 힘을 보탠 당나라는 웅진에 도독부를 두겠다고 했다. 그리고 8년 동안의 전쟁 끝에 고구려의 항복을 받아내자 황제는 당연하다는 듯이 평양에 안동도호부를 두려고 작정했다. 거기에 신라 땅의 중심에 계림도독부까지 두겠다고 한 것은 내정을 간섭하겠다는 말이었다.

백제의 잔여 세력들도 계속 심기를 건드렸다. 이들은 일본에 체류하고 있던 부여풍을 왕으로 추대한 뒤 서북부 지방의 유민들과 부흥운동을 일으키고 있었다.

부여풍이 일본에 구원병을 요청하여 군함 170여 척을 이끌고 쳐들어왔을 때 나는 사생결단으로 그들을 물리쳤다. 그러자 동맹 관계에 있던 당나라가 숨은 야욕을 드러내면서 한반도를 통째로 삼키려 들었다. 도저히 용납할 수 없는 일이었다.

674년 당나라가 20만 대군을 이끌고 신라를 공격했을 때 나는 경기도 양주에 있는 매초성으로 직접 나가서 싸웠다. 그리고 금강 하구에 있는 기벌포에서는 당나라의 해군들과 무려 2년 동안 전쟁을 했다. 고구려를 일으켜 세우려는 잔재 세력과 힘을 합쳐 당나라를 물리치고 그들이 관할하던 63개의 성을 되찾는 것으로 전쟁은 모두 끝났다. 한반도에서 당나라 군사를 완전히 몰아내기까지 무려 7년이라는 세월이 걸렸다.

백제와 고구려와 심지어 당나라 군사들은 무엇을 위해서 목숨을 걸고 그렇게 싸웠을까? 그들은 국가라는 허상과 일면식도 없는 왕의 권위를 지키겠다고 자기의 생명을 버린 것이었다.

전쟁이 끝나자 나는 백제와 고구려 유민을 끌어안는 포괄적인 정책을 펼쳤다. 역지사지의 마음으로 국가 간의 지리적 경계를 무너트리고자 했다. 그리하여 사람을 죽이던 무기를 농기구로 바꾸는 일을 시작했으며 백제와 고구려, 심지어 당나라의 문화까지 받아들였다. 춤과 음악을 비롯한 모든 예술이 사람들을 화합하게 만드는 바탕이 된다고 믿었기 때문이었다.

백성들은 나를 성군이라 불렀으며 아버지 태종 무열왕의 뛰어난 외교력과 김유신 장군의 무력을 잘 활용했다는 찬사를 보냈다. 하지만 모든 사람은 속여도 나 자신을 속일 수는 없었다. 나는 수많은 전쟁을 치르는 동안 이미 전쟁광이 되어버렸다.

적장의 목을 베는 순간에 느꼈던 그 쾌감을 다시 맛보고 싶었다. 승리의 북소리를 들을 때 온몸을 떨리게 하던 희열감을 한 번 더 느껴보고 싶었다. 그런 자신을 발견할 때면 나는 내가 무서웠다. 겉으로는 평화로운 일상들이 계속되었지만, 마음속에서는 나날이 전쟁이 벌어지고 있는 느낌이었다.

그런 와중에, 목에 걸린 가시처럼 나를 불편하게 하는 것이 있었으니 동해안에서 호시탐탐 침략할 기회를 엿보는 왜국이었다. 그들을 제압할 수 있는 간접적인 방법으로 절을 짓기 시작했다. 명분은 왜국에 보내는 경고였지만 사실은 부처님 앞에 속죄하면서 본성을 되찾고 싶었다. 하지만 육신의 힘이 온전히 떨어지는 순간까지 그 은밀한 욕망은 끈질기게 살아 꿈틀거렸다.

나는 북극성으로 돌아가지 않기로 결심했다. 무언가를 결정한다는 것은 인간으로서 누릴 수 있는 마지막 권리였다. 그리하여 덕과 지혜와 용맹을 두루 갖춘, 나이 많은 장수 김유신이 죽은 지 8년 뒤에 육신을 벗었다. 내가 남긴 허물은 열흘 뒤에 서국의 법식으로 화장하라고 일렀다.

"상복의 경중은 본래 규정이 있으니 그대로 하되 장례 절차는 검소하게 하라. 변방의 성과 요새 및 주와 군의 과세 중에 필요하지 않은 것을 모두 폐지할 것이요. 불편한 법령과 격식이 있으면 즉시 바꾸어 백성들이 그 뜻을 알게 하라."

유언은 아들인 신문왕에 의해 모두 실행되었다. 그리하여 나는 수중 무덤 속으로 들어온 뒤 푸른 눈을 가진 해룡으로 거듭났다.

감은사에는 두 개의 수로가 있다.

금당에 있는 수로는 말 그대로 형식적인 것이다. 실제로 뭍에서 바위섬과 연결된 통로는 동탑에서 5리 정도 떨어진 들판에 있다. 이곳에 사선으로 뻗은 작은 굴이 하나 있는데 오래전 일본이 아시아 대륙에서 떨어져 나갈 때 자연적으로 형성된 해저 동굴이다. 하지만 이곳이 사람들에게 발견된 적은 한 번도 없었다. 나는 신문왕에게 이런 사실을 일러주면서 뭍과 연결하는 통로를 만들도록 지시했다.

신문왕은 비밀리에 이 공사를 추진했다. 왕의 행렬이 추령고개를 넘어 동해천 상류에 도달하면 신하들을 돌려보내고 돛배를 타고 감은사까지 내려왔다. 지금은 물이 없어지고 바닥이 드러나 있지만 그 당시만 해도 동해 천에는 대형 배가 오갈 만큼 폭이 넓고 수심이 깊었다.

동해를 탐내던 왜국은 1920년대에 지도를 만들면서 강의 이름을 대종천으로 바꾸었는데 지금까지 그렇게 부르고 있으니 수중에 있는 내가 가슴을 칠 일이다.

신문왕은 직접 징과 망치를 들고 작업을 하면서 나와 교감했다. 애비에 대한 그리움과 연민으로 썰물 때가 되면 내가 기거하는 곳까지 찾아올 때도 있었다. 그럴 때 그는 아이의 몸이 되었으니 우리는 생사의 경계 공간에서 부자의 정을 나누었고 회포를 풀었다.

나는 죽기 전에 아들에게 징표를 주었는데, 옥룡으로 만든 목걸이였다. 우리는 말을 하지 않아도 서로가 알았다. 그것이 왜국의 침략으로부터 백성들을 보호하는 상징적 힘을 가지고 있다는 사실을.

"이 나라에 두 번 다시 전쟁이 있어서는 안 된다. 나는 동해를 지키고 있을 터이니 너는 왕권을 강화하고 백성들의 안위를 위하여 힘쓰도록 하여라."

아들은 내가 죽은 뒤 두 개의 탑을 완성했으며 목걸이를 수중 무덤 속에 있는 나에게 돌려주었다. 그것이 일선에서 싸우는 나에게 더 중요한 물건이라는 것을 알았기 때문이었다. 나는 옥룡 목걸이를 받은 대신 아들에게 만파식적이라는 피리를 주어 백성들과 소통하도록 해주었다. 우리는 그들이 겪는 고통과 슬픔과 외로움들을 달래줄 그 무엇이 필요하다는 것을 알고 있었다. 사람들은 피리 소리가 들리면 적병들이 물러가고 병이 걸렸을 때는 낫는다고 믿었다. 가뭄이 심할 때는 비가 오고 홍수가 날 때는 날이 개며 바람이 가라앉고 평온해진다고 여겼다.

왜국의 침략은 그 뒤로도 끊임없이 계속되었지만, 그때마다 나는 간단하게 그들을 물리쳤다. 그런 까닭에 바닷속은 늘 전쟁이 계속되는 최전선이었다. 붉은 눈의 대마도 흑룡이 호시탐탐 나를 공격해 왔지만 내가 먼저 공격한 적은 한 번도 없었다.

외로움에 지친 나에게 힘을 주는 것은 일반 백성들이었다. 그들은 매달 초하루가 되면 봉길리 해변으로 모여들어 나라의 안위를 빌었다. 그리고 종이가 잘 타고 재가 높이 올라가면 운이 길하다고 여기며, 소지에 불을 붙여 공중으로 올렸다. 나는 그들이 두드리는 북과 장구 소리를 들으면서 전쟁터에서 울리던 승전고를 생각하며 힘을 얻었다.

일본이 세계 정복의 꿈을 이루기 위해 전쟁을 일으키면서 흑룡은 놀랄 만큼 힘이 강해졌다. 그리고 내가 목덜미를 물려 무너지는 것과 때를 같이 하여 조선의 마지막 임금인 순종이 왕위에서 물러났으니 1907년 7월의 일이었다.

4년간에 걸친 순종의 재위 기간은 한반도를 무력하게 만드는 왜국과 그들에게 편승하려는 간신들이 벌이는 공작의 연속이었다. 친일파들을 통해 내정 간섭권을 탈취한 일본은 한국 군대를 재정 부족이라는 구실을 내세워 강제로 해산시켰다.

그리고 이완용과 송병준, 이용구 등을 중심으로 한 일진회를 앞세워 1910년 8월 29일 이른바 한일병합을 강제 체결했으니, 순종은 말 그대로 꼭두각시 왕이 되고 말았다.

대한제국의 종언을 고한 뒤 폐위된 순종은 창덕궁에 거처하며 망국의 한을 달래다 죽었다. 이로써 조선 왕조는 519년의 역사에 마침표를 찍고 왜국의 식민지로 전락했다.

일본은 우리 문화재에 대한 욕심이 대단히 많았다. 한일병합을 한 지 십여 년이 지나서 다보탑과 석가탑 해체 작업을 시행한 것이 그 증거 중 하나다. 그들은 사리와 사리장치 등 많은 유물을 싣고 가서 간단하게 자기들의 것으로 만들었다.

지구는 순환의 법칙 속에 있다. 국가는 흥망성쇠를 반복하고 사람들은 생사의 수레바퀴를 돈다. 구형왕처럼 백성들의 안위를 위해 자존심을 꺾고 항복한 왕이나 전쟁에서 매번 승리한 나 같은 왕이나 같은 법칙 속에 있다. 윤회의 고리에서 벗어나는 길은 단 하나, 스스로가 사랑이 되는 방법뿐이다.

내가 북극성으로 돌아가지 않고 동해 깊은 동굴 속에 있는 것은 사랑 때문이다. 흑룡과 싸울 때마다 나는 내 사랑을 확인한다.

아, 사랑은 얼마나 깊고 아픈 슬픔인가.

19

리앙쿠르 대왕

나는 안용복이다.

부산에서 태어나 동래부에서 노를 젓는 능로군으로 근무했다. 업무상 왜관을 자주 출입하다 보니 자연스럽게 일본어를 익혔는데, 이것은 내 삶을 송두리째 바꾸는 계기가 되었다.

군 복무가 끝난 뒤 나는 처가가 있는 울릉도로 터전을 옮기고 고기잡이를 하면서 살았다. 날씨가 좋은 날은 독도까지 조업을 나갔지만, 아내의 만류로 자주 가는 편은 아니었다. 독도는 뱃길이 멀고 위험하지만 귀한 고기가 많아서 어부들에게는 아주 매력적인 곳이었다.

내가 독도를 좋아하는 것은 인근에 강치라고 불리는 물개들이 많기 때문이었다. 우리 어민들은 강치를 돈벌이의 대상으로 보지 않았다. 그들이 뱃전 가까이 와서 재롱을 피울 때면 거친 바다를 헤쳐온

고단함마저도 잊을 수 있었다.

그때까지만 해도 독도 인근에는 일본 어부들이 몰래 조업하러 오는 경우가 많았다. 하지만 대체로 눈을 감아 주었으니, 다투지 않아도 될 만큼 고기가 많았기 때문이었다. 나는 한나절이면 닿을 수 있는 바닷길을 닷새씩 험한 파도를 헤치고 오는 그들에게 안타까운 심정을 느꼈다. 하지만 그들의 목표가 고기잡이를 가장한 강치 사냥이라는 사실을 안 뒤로는 목숨을 걸고 대적했다.

1693년 3월, 내 나이 서른다섯 때였다. 나는 울산 출신의 어부 40여 명과 독도 부근 해역에서 고기를 잡고 있었다. 작업을 하던 중에 일본 어부들과 마주쳤고 조업권을 두고 실랑이를 벌였다. 그러다가 동료 어부 박어둔과 함께 일본 호키주 요나코무로 끌려갔다. 박어둔은 나보다 여덟 살 아래였지만 일본 어민의 멱살을 잡는 등 그들의 우두머리 앞에서도 기세가 등등했다. 나는 남의 해역으로 출어한 자체가 위법이라고 목소리를 높였는데 일본 말이 막힘없이 술술 나오는 바람에 스스로 놀랄 정도였다.

"적반하장도 유분수지. 위법은 당신들이 저질렀는데 우리를 억류하는 까닭이 무엇이냐."

당당한 행동에 놀란 태수는 모든 사실을 인정하고 이 사건을 문서로 작성해 막부로 보내 신병처리에 대해 물었다.

회신은 5월에 도착했다. 막부에서는 나와 박어둔을 나가사키로 이송해 돌려보내라고 지시하면서 '울릉도비일본계鬱陵島非日本界'라는 내용의 서계를 주었다.

이왕 내친걸음이었다. 나는 울릉도와 독도가 강원도에 속한 섬이란 것을 설명하며 그들의 약속을 받아내었다. 앞으로 울릉도 인근 바다에서 조업하지 않겠다는 각서였다.

막부로부터 울릉도가 조선 영토임을 확인하는 서계를 받아냈으나 돌아오는 길에 대마도 주에게 무력으로 이 서계를 빼앗기고 말았다. 그리고 귀국 후에는 허가 없이 일본으로 갔으며 공직을 사칭했다는 이유로 곤장을 맞았다. 하지만 이를 계기로 일본이 울릉도와 독도를 조선의 영토로 인정하고 어로 행위를 금지하게 되었으니 억울하지 않았다.

3년쯤 지난 뒤 그들이 다시 독도 부근에서 작업하고 있는 것을 발견했다. 항의하려고 다가갔을 때 배 안에는 죽은 강치들이 산더미를 이루고 있었다. 그 순간 나는 또다시 그들이 단순한 어부가 아니라 강치를 포획하는 사냥꾼들이라는 사실을 알았다. 머리끝까지 화가 치밀어 올라 도망을 가는 그들을 계속 추격하다 보니 어느새 마쓰시마에 도착했다.

내 얼굴이 얼마나 험악했는지 하쿠슈 태수가 쩔쩔매면서 두 번 다시 이런 일이 없게 하겠다고 백배사죄를 했다. 그리고 강치를 포획하던 어부들을 모조리 잡아들여 월경죄로 사형에 처하며 분쟁이 커지는 것을 막았다.

다음 해인 1697년에 서계를 빼앗아 간 대마도주가, 울릉도가 조선 땅이라는 것을 확인하는 문서를 조정에 보내면서 분쟁은 일단락되었다.

그때 그들이 물고기만 잡았다면 내가 그렇게 무모한 행동을 하는 일은 없었을지도 모른다. 하지만 강치는 내가 무척 아끼는 동물이었고 그들이 죽는 것은 내 친구가 죽는 것과 같았다. 당시 깨달은 것이 있다면 사람이 목숨을 내놓기로 작정하면 못 할 일이 없다는 사실이었다.

영토침입에 대한 사과를 받고 귀국했지만, 또 다른 난관이 기다리고 있었다. 조정에서는 일개 어부가 사사로운 감정으로 국제 문제를 일으켰다는 이유로 사형에 처해야 한다는 말이 들렸다. 사실 일본 태수에게 울릉우산양도감세관이라고 신분을 속였으니 변명할 여지가 없었다. 하지만 어부라 했으면 이미 왜놈들의 손에 사라졌을 목숨이었다.

영의정 남구만이 나섰다는 소문이 들렸다. 그는 외교적 분쟁을 일으키고 공무원으로 사칭한 것은 범죄가 분명하지만, 영유권 문제를 해결한 공로는 인정해야 한다고 변론했다. 그 결과 사형에서 유배형으로 감형이 되었다. 지성이면 감천이라는 옛말이 그냥 생긴 게 아닌 것 같았다.

유배된 이후 조용하게 여생을 보냈다. 후대 사람들은 내가 어디로 갔는지 그 후의 삶은 어떠했는지 알지 못한다. 내 출신이 관직과 상관없는 평민이었던 만큼 조용히 살다 죽는 것이 옳다고 여겼다. 하지만 이 사건 이후 숙종이 울릉도에 대한 감찰이 강화되어 인근을 관리하도록 했으니 고종 때까지는 더 이상 일본 어부가 독도까지 올라오는 일이 없었고 따라서 영유권 문제로 다투는 일도 사라졌다.

그런 점에서 후세 사람들은 나를 울릉도와 독도 문제를 확실하게 담판 지은 인물로 여긴다. 독도 문제는 상식적으로 생각하면 간단한 일이다. 동해는 오래전부터 울릉도 사람들의 생활 기반이었으며 인근에 있는 작은 섬 독도는 앞마당이나 다름없는 곳이기 때문이다.

안타까운 것은 내가 그토록 아끼던 강치가 일본 사람들에 의해 멸종되었다는 사실이다. 땅은 사람들의 시시비비에 상관없이 그 자리에 건재하지만, 생명은 한 번 사라지면 다시 만들 수 없기 때문이다. 강치가 어떤 동물인가? 그들은 육상에서도 다리를 앞쪽으로 굽혀 빠르게 걸을 수 있는 동물이었다. 이에 비해 바다표범은 뒷다리가 직선으로 뻗어있고 허리를 들어올릴 수도 없어서 애벌레처럼 기어 다니는 것이 고작이었다.

나는 죽어서도 해룡이 되어 동해를 지키겠다는 문무왕의 유언이 강치에게도 해당된다고 생각한다. 하지만 안타깝게도 왜국의 침략은 그 뒤로 7백 회 이상 계속되었고 문무왕이 그토록 염려했던 일이 현실이 되었으니 왜국의 식민지로 전락한 것이었다.

1945년, 한국 정부는 36년 만에 해방이 되었지만 독도를 지키는 일에 신경을 쓰지 못했다. 그 틈을 이용해 패전국인 일본은 무장순시선으로 독도를 침범해 왔으며 심지어 일본 영토라는 푯말을 세우기도 했다. 그리고 지금까지 자기 땅이라는 주장을 하고 있다. 일본의 속셈은 명백하다. 울릉도 인근 해역을 전부 자기들의 영토로 만들고 싶지만, 그것이 불가능하니 독도 쪽으로 옮겨간 것이다.

강치를 생각하면 마음이 아프다. 원래 독도는 강치의 옛말인 가지를 살려, 가지도라 불릴 만큼 인근에 많이 살았으며 동해안 일대에 4만여 마리가 서식했었다.

일본에는 강치를 절반 이상 포획했다는 기록이 남아있다. 하지만 실제로는 그보다 훨씬 더 많았을 것이다. 그들은 강치의 가죽을 가방이나 피혁 제품으로 만들고 피하지방은 기름으로 사용했으며 살과 뼈는 비료로 이용했다. 그리고 어린 강치를 생포하여 서커스용으로 길렀다니 생각하면 할수록 가슴이 미어진다.

시마네현에 살았던 나카이 요사부로, 그는 강치 사냥꾼으로 악명을 떨쳤다. 강치가 돈이 된다는 사실을 알아챈 그는 1903년 아예 독도 어업권을 독점하려고 작심했다. 그리하여 일본 정부의 알선을 받아 대한제국 정부에 독도어업독점권을 청원했다. 하지만 일본 해군성 수로국은 독도는 주인이 없는 땅이니 일본 정부에 독도 편입 대하원을 제출하라고 했다.

이에 나카이는 1904년 9월 29일 독도를 일본에 편입하여 대부해 달라는 '리앙코 영토편입 및 대하원'을 만들어 일본 정부의 내무성과 외무성, 그리고 농무성에 각각 제출했다. 그 결과 시마네현 고시 40호가 등장하게 되었고 일본은 나카이의 이 문서를 근거로 독도가 자기 땅이라고 우기는 것이다.

애당초 내무성에서는 1877년 태정관 지령문에 따라 독도는 일본의 땅과 관련이 없다며 청원을 거절했다. 하지만 나카이는 뜻을 굽히지 않고 외무성을 찾아갔다. 마침 러일전쟁으로 골머리를 앓고 있던 외무성은 독도에 망루를 설치하여 러시아를 감시한다는 명목으로 그의 손을 들어주었다. 그렇게 해서 일본 내무성 또한 태도를 바꾸어 무주지 선점론을 주장하며 독도를 일본에 무단으로 편입시켰다.

어획권을 확보한 나카이는 그때부터 무자비한 방법으로 강치를 포획하기 시작했다. 일본인들이 8년 동안 강치를 포획한 끝에 1931년 7월, 강치는 지구에서 그 자취를 감추고 말았다.

돌아보면 서구의 제도를 받아들이기 전에는 동아시아의 지도 위치가 명확하지 않았다. 또한 단편적이고 정확한 위치 등이 기록되어 있지 않아서 국제사법재판소에서 쓰기 부적절한 경우도 많았다. 또한 근대화 이전 기록으로 한정하면 일본 측에는 독도가 일본 땅이 아니라는 기록들이 훨씬 더 많다. 그런데도 메이지 유신 이후 독도의 위치를 기록하고 편입한 문서가 있다는 것을 근거로 억지를 부리는 것이다. 독도 편입에 대한 각의결정문과 시마네현 고시 제40호는 그들만의 합법일 뿐이다.

이때부터 시작된 강치 사냥은 극으로 치달아 1905년 한 해에만 3천 마리 이상 도살되었다. 그 당시 강치의 사체 썩는 냄새가 바람을 타고 울릉도까지 날아왔으니 일본 정부조차 나카이에게 경고를 내릴 정도였다.

서양에서 부르는 독도의 지명은 리앙쿠르암.

그 이름을 본떠 '리앙쿠르 대왕'이라 불리던 초대형 바다사자가 바로 독도의 마지막 강치였다. 강치의 학살이 계속되던 당시 포획자들이 가장 두려워했던 것은 리앙쿠르 대왕인 수컷 강치였다.

대왕 강치는 암컷과 새끼들을 구하기 위해 날아오는 총알이나 탄환을 겁내지 않았으며 입으로 그물을 찢거나 온몸으로 배를 습격하기도 했다.

그들에게 공포의 대상이 되었던 리앙쿠르 대왕은 1931년 7월 하순, 사살되었고 지금은 일본 시마네현의 산베 자연 박물관에 박제로 남아있다.

몸 길이와 둘레가 약 3미터로 추정되며 체중이 8백 킬로그램이 넘었던 '리앙쿠르 대왕'은 오늘도 고향인 독도 앞바다를 그리워하며 돌아올 날을 기다리고 있을 것이다.

20

열쇠

호세는 손씨를 마주하는 순간 그가 어떤 단서를 가지고 있다는 것을 바로 알아차렸다. 이런 경우를 두고 예감이라는 표현을 쓰는데 그것은 인간이 기본적으로 사용하는 초능력의 일종이었다. 호세는 시냇물처럼 부드럽게 그의 내면으로 흘러 들어갔다. 손씨의 의식 속에는 배출하지 못한 감정의 찌꺼기들이 쓰레기처럼 널려있었다. 그 방해물들을 헤치고 본성의 자리에 도달했을 때 초록색 날개를 활짝 편 벌레들의 군무가 한창이었다.

"아아, 비단벌레다."

호세가 탄성을 지르자 손씨의 눈이 둥그레졌다.

"비단벌레라니? 아니 이 녀석이 지금 무슨 말을 하는 거야. 아니야. 난 몰라."

호세는 두 손을 내젓는 손씨에게 반응하지 않고 가만히 그의 눈을 바라보았다. 그러자 그가 소리를 지르기 시작했다.

"이 선생은 어디서 이런 이상한 아이를 데리고 와서 사람을 괴롭히는 거요."

재우가 난감한 표정을 지으며 곡두에게 도와달라는 시늉을 했다. 곡두는 상황을 알 수 없었지만 어떤 일이 진행되고 있다고 짐작했다. 과민 반응을 하는 손씨도 그렇지만 그를 응시하고 있는 호세의 표정이 예사롭지 않았다.

재우가 손씨를 설득하기 시작했다.

"손형, 일단 진정 좀 하소. 아마 손형도 나처럼 호세에게 걸려든 것 같소이다. 우리 이왕 이렇게 됐으니 이 아이의 말을 한번 들어봅시다."

"이 선생은 내가 그렇게 호락호락한 사람으로 보이오?"

"아이구, 무슨 그런 말씀을… 이 바닥에서 손형의 고집을 모르면 간첩이지요. 그러니까 호세에게 연유를 들어보자는 말이지요."

"나는 헛소리 들을 시간 없다니까. 비단벌레라니? 내가 그런 것을 어떻게 알아?"

재우가 눈을 크게 뜨고 되물었다.

"지금 비단벌레라고 했소?"

"이 아이가 자꾸 비단벌레가 어디 있는지 묻는다니까."

"호세는 지금 아무 말도 하지 않는데?"

"엉뚱한 소리도 정도껏 해야지. 나는 숲에 간 적이 없고 그런 벌레를 본 적은 더더욱 없어. 정말이야. 어제도 가지 않았다니까."

손씨가 우는소리를 했다.

"사람을 어떻게 보고…."

호세가 손씨에게 다가가더니 두 팔로 그의 허리를 감싸 안았다.

"어허이, 이놈이 왜 이래."

표정이 일그러지면서 손씨의 눈자위가 벌겋게 물들기 시작했다. 한동안 모두 그의 울음소리를 듣고 있었다. 한참 뒤 재우가 조심스럽게 입을 열었다.

"그러니까 손형, 어제도 비단벌레가 있는 숲속을 다녀왔다는 말이지요?"

손씨가 고개를 끄덕였다.

"올해는 날씨가 일찍 더워져서 미리 가봤지."

자초지종을 들은 재우가 손씨의 두 손을 잡으며 말했다.

"아이고, 이렇게 큰 비밀을 가슴속에 숨겨놓고 있었을 줄이야…."

손씨는 희미하게 웃었다.

"그러게. 털어놓고 나니까 좀 살 것 같구먼."

그러고는 호세를 바라보며 말했다.

"신라 화랑이 내 눈앞에 있다니 꿈인지 생시인지 모르겠어. 인생이 한바탕 꿈이라고 하더니… 꿈속에서 또 꿈을 꾸고 있다더니… 지금 내가 무슨 꿈을 꾸고 있는지 모르겠네."

하며 눈을 껌뻑거렸다.

"아저씨, 이건 꿈이 아니라 현실이에요. 아저씨는 지금 새로운 왕국의 탄생에 매우 중요한 역할을 하고 있어요."

호세의 말에 손씨가 허허 웃었다.

"중요한 역할이라? 우리 집사람이 지난겨울에 약장사에게 빠져서 물건을 계속 사다가 나른 적이 있었어. 내가 한소리를 했더니 자기가 우리나라 유통 산업에 아주 중요한 역할을 하고 있다고 하더군. 아마 그런 소리를 듣고 싶었던 모양인데 내가 한 번도 해준 적이 없었으니…."

재우가 고개를 끄덕였다.

"이쪽 지방 남자들 다 그렇지요. 뭐."

"자네는 서울에서 왔다고 들었는데…."

"태어나고 자란 것이 이쪽이다 보니 여자에게 곰살맞지 못한 것은 피차일반이지요. 어쨌거나 지금 손형이 아주 중요한 일을 하는 것은 맞아요."

"그냥 내가 좋아서 하고 있을 뿐이야. 그런데 듣고 보니 정말 그럴지도 모른다는 생각이 드는군. 호세의 말에 진심이 느껴진다는 말일세."

손씨는 잠시 말을 끊더니 호세에게 물었다.

"그런데 너는 어째서 이렇게 아이의 모습으로 왔니?"

"어른은 수로에 들어갈 수가 없어요. 길이 좁다는 말인지 순수한 마음이 되어야 한다는 것인지 이유는 저도 모르겠어요. 무엇보다 비단벌레 날개가 있어야 들어갈 수 있어요."

"하필이면 비단벌레의 날개일까?"

"그게 왕권의 상징이 될 수도 있지 않을까요. 신문왕만 드나들었던 곳이니… 고대부터 비단벌레 날개는 왕족의 위세를 상징하는 장식용으로 이용됐지요. 중국에서 녹금선이라 했고 일본에서는 옥충이라고 불렀어요. 신라 왕족들은 비단벌레 날개로 액세서리는 물론이고 말안장 가리개까지 꾸밀 정도로 좋아했고요."

"그런데 설령 수로를 발견하더라도 바닷물 속을 어떻게 들어가니?"

손씨의 질문에 곡두가 끼어들었다.

"썰물 때는 가능하지 않을까요?"

재우가 농담처럼 말했다.

"홍해처럼 바닷물이 쫙 갈라지면 좋으련만…."

"아저씨, 호세는 다른 행성에서도 여기까지 왔잖아요."

한별이의 말에 호세는 진지한 얼굴이 되어 말했다.

"네 말도 맞아. 하지만 한별아, 지구에서 중력의 법칙을 무시하고 어찌 살 수 있겠니. 하늘을 날고 싶다고 맨몸으로 절벽에서 뛰어내리면 어떻게 되겠니?"

모두 고개를 끄덕였다.

"그러니까 나도 다치거나 죽을 수 있다는 말이란다. 사실 혼자 있으면 가끔 불안할 때가 있어. 하지만 우리가 힘을 합치면 무엇을 못할까 생각하면 다시 용기가 나는 거야. 아저씨를 만난 것이 우연이겠어? 우리는 모두 연결되어 있었던 거야."

호세의 말에 분위기가 조금 숙연해졌다.

"오늘이 음력으로 며칠이지?"

손씨는 손가락으로 물때를 짚어보더니 활기가 넘치는 목소리로 말했다.

"조금 때가 지난 지 사흘이 됐으니 며칠 뒤부터 물이 많이 빠지겠구나. 미룰 시간이 없어."

"우선 비단벌레 날개가 있어야 들어갈 수 있어요."

"수로의 입구를 찾는 게 먼저일 것 같은데…."

"날개부터 구한 다음에 함께 찾아봐요."

"날개는 곧 구할 수 있을 거다."

"죽이면 안 돼요."

호세의 말에 손씨는

"걱정하지 마라. 내가 잘 모시고 올 테니까."

하고 말했다.

"나도 비단벌레가 있는 숲에 한번 가고 싶어요."

곡두가 한별이의 말을 막았다.

"안 돼. 한별아, 가지 않는 것이 그들을 보호하는 거라는 생각이
들어."

손씨가 고개를 끄덕였다.

젊은 남녀가 음료수를 사러 들어오는 바람에 대화는 자연스럽게
끊어졌다.

일이 생각했던 것보다 잘 풀리고 있었다.

21

만남 2

호세 일행은 다음 날부터 연달아 천전리로 갔다.

어떨 때는 참새가 먼저 와 있기도 했다.

"아마 여기까지가 저 참새의 영역인 것 같아."

경주나 감포까지 따라온 적이 없는 것으로 봐서 호세는 그렇게 짐작했다. 우선 고헌산으로 넘어가는 햇살이 마지막으로 머무는 자리를 알아낼 필요가 있었다.

"춘분이 지난 지 한 달이 넘었으니 햇살이 오른쪽으로 조금씩 옮겨 갈 거야."

하는 곡두의 말에 호세가 답했다.

"그런 것들까지 생각해 보면 저 부근쯤 될 것 같아요."

호세는 각석 맞은편에서 5십여 미터 아래쪽에 있는 절벽을 가리켰다.

"그때와는 지형이 달라진 부분이 있지만…."

"그런데 열쇠가 어떤 모양을 하고 있는지는 알고 있니?"

곡두가 물었다.

"공룡알의 화석으로 만든 건데 고래 모양의 손잡이가 달려있어요. 법흥왕이 처음으로 이곳에 왔을 때 둥근 돌을 하나 발견했어요. 그게 공룡알 화석이었다는 것은 저도 이번에 알았어요. 그때는 공룡이라는 동물 자체를 아예 몰랐으니까 그냥 특별한 돌이라 여기고 세공사에게 맡겼지요. 그리고 두 번째 왔을 때 그 열쇠를 제물로 바치는 의식을 치렀습니다. 왕은 신라 땅을 지키기 위해서는 지신의 도움이 필요하다고 믿었던 겁니다."

"설령 위치를 안다고 해도 저 거대한 절벽 밑에 들어 있는 것을 어떻게 꺼내지?"

"그때는 밑바닥에 틈이 제법 컸거든요. 그곳에 열쇠를 밀어 넣고 흙으로 덮었는데 그 공간이 없어진 것을 보면 절벽이 전체적으로 내려앉은 것 같아요."

"가능한 추측이야."

곡두가 말했다.

"위치는 대충 알았으니까 이제 꺼내는 방법을 연구해야지."

한별이가 심각한 표정으로 말했다.

"연구보다는 행동이 더 필요할 것 같은데… 거인이 나타나서 절벽을 번쩍 들어올리면 간단하게 해결되겠는데…."

"1억 년 전 여기 모습을 상상할 수 있니? 바위에 널린 발자국 모양으로 봐서 공룡들이 이 일대를 배회했다고 하니 그 당시에는 저 절벽 밑에서 비를 피하거나 낮잠을 잤을지도 몰라. 이 부근을 잘 찾아보면 아마 공룡의 화석들이 많이 있을 거야.”

곡두의 말에 모두 고개를 끄덕였다.

다음 날, 세 사람은 산청으로 떠났다. 아이들과 함께 집을 나선 곡두는 문득 자신이 예상하지 못했던 일의 중심으로 들어왔다는 느낌이 들었다.

혜성과의 충돌로 지구가 사라진다? 케플러 452b라 부르는 행성에 우주인들이 신라 왕국을 세우고 새로운 인간 역사를 시작한다? 그게 과연 가능한 일일까? 설령 그렇다 하더라도 그렇게 엄청난 일을 왜 자기들처럼 평범한 사람이 하고 있는지 이해할 수 없었다. 그러자 마음이 불안해졌다.

“호세야, 네가 온 지 벌써 사흘이 지났는데 결과물이 없구나. 그러다 보니 조급한 마음이 생기고 어깨가 무거울 때도 있고….”

곡두는 질문을 하는 것으로 불안한 마음을 다독거렸다.

“이모, 조급하고 무거운 그 마음을 피하거나 없애려고 하지 말고 그냥 있는 그대로 보고 있으면 금방 사라져요.”

“명상 센터에서도 그 비슷한 말을 하던데 잘 안되더라.”

“억지로 하면 힘들어요. 그냥 한 걸음 뒤로 물러나서 그 감정들을 바라본다는 마음으로….”

“아무튼… 그런데 날을 좀 넉넉하게 잡으면 안 될까?”

“숫자는 약속이에요. 그리고 저마다 고유의 역할을 가지고 있어요. 21일 만에 작업을 끝내고 돌아가는 것은 우주적인 약속이고요."

"역할? 우주적 약속?"

"네! 3이라는 숫자는 생명을 상징해요. 지구 사람들은 정신과 육체와 혼이라는 세 가지 에너지가 모여서 이루어진 물질이라는 말입니다. 여기에 우주의 기본 원소인 물과 불, 바람과 흙이 어울려 생명체로 완성되었지요. 사람들이 무의식적으로 7이라는 숫자를 선호하는 것은 그런 것을 바탕으로 하고 있기 때문이에요."

"내가 어릴 때 '은하철도 999'라는 만화 영화가 엄청 인기 있었거든. 나는 그때 기차 이름이 왜 하필이면 999인지 궁금했었어. 그러다가 9라는 그 숫자가 회생하는 속성을 가지고 있다는 말을 듣고 아하! 싶었지. 그 기차는 다른 차원에 있는 세계와 연결되는 고리였던 거야."

"그래요. 우주는 하나의 큰 질서 속에서 순환되고 있지요. 우리 몸도 일일이 신경을 쓰거나 확인하지 않아도 그냥 저절로 돌아가고 있잖아요. 하지만 어느 한 군데가 잘못되면 열이 나거나 진통이 오면서 전체가 나서서 고치려 들지요. 우주도 비슷한 이치라고 보면 돼요. 그러니까 저절로 일어나는 현상을 두고 논쟁을 벌일 필요가 없어요. 우주인들이 인간들을 아끼는 이유는 자유 의지를 높이 사기 때문이지요. 그것은 인간이라는 생명체가 가지고 있는 고유한 능력이고 도구예요. 또한 생명체가 아름다운 것은 한결같이 유한하기 때문이고요. 주어진 시간 동안 생명이 가진 아름다움을 마음껏 펼치는 것이 삶이랍니다."

호세는 잠시 말을 멈추었다.

"특히 인간은 마음만 먹으면 무엇이든지 할 수 있는 존재예요. 다만 시간이 필요하지요. 힘들고 어려울 때 신을 찾지만 신은 사실 인간들이 만든 고정된 이미지일 뿐, 다시 말해서 사람들이 신을 만들어놓고 자신들의 삶에 잘 이용하고 있다는 말입니다."

"인간이 신을 만들었다고?"

"모두 자기가 원하는 신을 만들어요. 각자 모델이 있거든요."

"모델?"

"그럼요. 그런데 대부분 엄격하고 무서운 신을 만드는 경우가 많아요. 그러니까 잘하면 상을 주고 잘못하면 벌을 주는 그런 신을요. 하지만 어떤 신을 창조할 것인지조차 정해진 것이 없어요. 부모님이나 친구 같은 신을 만들어 상호 도움을 주면 더욱 좋겠지요? 신은 사실 인간들의 요구를 들어주어야 하는 일방적이고 외로운 존재거든요."

"신이 외롭다고?"

"그럼요, 생각해 보세요. 은하계 한쪽 귀퉁이에 있는 작은 행성인 지구, 그 속에 있는 인간들이 자기들과 같은 개체에 의해서 우주가 창조되었다고 믿는 것은 웃기는 일이지요. 새로운 왕국에서 할 일은 인간이 의존해야 할 것은 신이 아니라 생태계라는 사실을 인식하는 일입니다. 종교나 개체 위주의 모든 생각들을 생태 중심에 맞추어야 한다는 말인데, 바로 그게 새로운 왕국의 비전이에요."

곡두는 할 말을 잃고 호세를 물끄러미 바라보았다.

한별이가 물었다.

"호세야, 만약에 열쇠를 찾지 못하면 너는 어떻게 되는 거야? 천마호를 타지 말고 그냥 우리랑 살면 안 되는 거야"

"사실은…."

호세가 말끝을 흐리면서 입을 다물었다.

"21일이 지나면 내 몸의 기능들이 작동하지 않는단다. 따라서 돌아갈 방법이 없어지는 거야."

호세의 침묵은 이 일이 실패로 끝날 수도 있다는 불안감으로 이어졌다.

"그러니까 찾아야지. 무조건 찾아야 해. 우리들의 신이 함께할 거야."

곡두가 한 옥타브 목소리를 올리는 바람에 다시 활기가 돌았다.

"나는 산청에 구형왕의 무덤이 있다는 사실을 이번에 알았어. 많은 것을 알고 있다고 생각했는데 정말 큰 오산이었어. 내가 모르는 것이 너무너무 많은 거야. 구형왕릉을 검색해보니까 그냥 전해오는 이야기라는 말도 있고 인근에 있는 절에서 쌓은 탑이라는 말도 있던데 사실 그것도 우리가 알 수 없는 일이지."

한별이가 곡두의 말을 받았다.

"이모, 나 요즘 한국사라는 만화책을 보고 있거든. 그런데 신라에 대한 이야기는 아주 많은데 가야는 정말 조금뿐이야."

"기록이 없어서 그럴 거야. 역사는 어차피 승리한 나라에서 쓰는 것이니까 왜곡된 것이 많을 수밖에… 아무튼 오늘 구형왕릉에 가보면 뭔가 새로운 것을 하나라도 알게 되겠지."

내비게이션의 안내에 따라 대진고속도로에서 산청 쪽으로 빠져나온 차는 금서면 방향으로 달렸다.

곡두와 아이들이 아침 일찍 나가자 영숙은 모처럼 집 청소를 시작했다.

은별이가 예상했던 것보다 빨리 퇴원하니 마음이 가벼웠다.

"계세요?"

빨간 벽돌집의 범상치 않은 기운에 끌린 부산댁이 단단히 마음먹고 찾아온 터였다. 인기척에 마루로 나온 영숙은 대문 안을 기웃거리던 부산댁과 눈이 마주쳤다.

"아이고, 오늘은 집에 사람이 있구나. 호세라는 아이는 잘 다녀갔수?"

부산댁의 말에 영숙은 호세를 데리러 온 사람인 줄 알고 반가워서 소리쳤다.

"호세를 찾으러 왔군요?"

"며칠 전에 호세가 이 집을 묻기에 내가 가르쳐주었어요. 아들 이름이 한별이 맞지요?"

영숙은 조금 낙담한 목소리로 말했다.

"예, 그랬었군요. 저는 딸아이 치료 때문에 병원에 있다가 어제 집에 왔어요."

"아이고, 요렇게 예쁜 공주님이 어디가 아파서 입원까지 했을까?"

부산댁이 마루에 앉아 있는 은별이의 머리를 쓸어주며 말했다.

"그래도 지금은 많이 좋아졌답니다."

"달리 도와줄 건 없고 기도를 좀 해주어야겠구나."

"고마워요. 이 동네에 사세요?"

"저기 보이는 집에서 살고 있다우."

부산댁이 손가락으로 아랫동네를 가리키며 말했다.

"아, 길가에 철학관 간판이 달린 그 집이군요."

"철학은 무슨… 그냥 이름을 짓거나 이삿날 잡아주고 하는 일을 해요. 요즘은 검색만 하면 손 없는 날도 바로바로 알 수 있는 세상이라 나를 찾아올 필요도 없어요. 언제 놀러 와요. 공짜로 사주 한번 봐 줄 테니까… 이 마을 토박이는 아니지만 벌써 30년째 살고 있다우."

영숙은 동네 사람들에게 제대로 된 인사도 못 했던 터라 음료수와 과일을 내오는 것으로 미안한 마음을 표현했다.

"기도해 주신다니 너무 고마워요. 비용을 좀 드릴까요?"

"해준 게 아무것도 없는데 돈은 무슨… 그런 소리 하지 말고 그냥 가족 이름이랑 생년월일 적어주면 기도해 드릴게."

"교회나 절에 가도 성의는 표시하잖아요."

"아이고, 아이가 아프다는데 돈은 무슨… 우리가 함께 키우는 아이들인데…."

그러면서 은별이의 머리를 쓰다듬었다.

"은별아, 조금만 더 고생하자. 빨리 나아서 할머니 집에도 놀러 오너라. 알았제?"

"예."

하고 은별이가 환하게 웃으면서 대답했다.

영숙은 대문 앞에서 부산댁을 배웅하고 한참 동안 뒷모습을 바라보고 있었다. 그리고 방금 하던 말을 곱씹었다.

"우리가 함께 키우는 아이들인데…."

그녀의 가슴이 따뜻해지고 있었다.

같은 시각, 손씨는 계곡에 있었다.

비단벌레가 발견되는 대로 재우에게 연락하기로 약속한 터였다. 이틀 동안 연달아 비밀의 공간에 가본 결과 예년보다 조금 일찍 나타날 기운이 느껴졌다. 산에서 내려온 다음에 손씨가 하는 일은 감은사지 일대를 돌아다니며 수로의 입구로 짐작되는 장소를 찾는 일이었다. 손씨의 부인인 수성댁은 요즘 들어 쓸데없이 외출이 잦아진 남편을 보면서 옛날 병이 도진 것 같아서 걱정이 많아졌다.

재우는 가끔 손씨를 따라 감은사지 주변을 탐색하는 일에 동행했다. 두 사람은 자신들이 너무 허황한 일을 하는 것 같아서 헛웃음을 지으면서 서로를 격려했다.

"그런데 왜 하필이면 비단벌레 날개가 있어야 하는지 손형은 짐작이 가요?"

재우의 말에 손씨가 말했다.

"예부터 비단벌레 날개는 옷이나 마구 등의 장식에 많이 사용되었는데 색상이 곱기도 하지만 생명감이 느껴지니까 그랬을 겁니다. 부활과 영생을 상징하는 동시에 자신이 가진 권위를 세상에 알리는 방법이었겠지요. 우리가 지금 찾는 그 수로는 왕족에게만 허락된 통로가 아닐까 짐작할 뿐이오."

재우가 고개를 끄덕였다.

"그러니까 비단벌레 날개가 왕의 권위를 상징하는 징표다? 그 말이 맞겠네요. 호세말로는 수중 무덤의 문을 여는 열쇠와 같다고 했거든요."

감은사 인근을 뒤지고 다니던 손씨는 문득 생각을 바꾸었다. 수로가 수중왕릉과 연결되었다면 바다 가까운 곳에 입구가 있지 않을까 싶었던 것이다. 그는 문무왕릉에서 감은사지 쪽으로 거슬러 찾아보기로 마음먹고 이견대 앞 인근의 들판을 훑으며 다녔다.

사흘째 되는 날 우연히 눈길이 머무는 곳이 있었으니 오래전에 기능을 잃어버린 것으로 보이는 작은 저수지 터였다. 언덕 아래 우거진 풀덤불 속에 돌이 몇 개 보이는데 이끼가 잔뜩 낀 것을 봐서 꽤 오랫동안 방치되어 있었던 것 같았다.

작대기로 풀을 헤치며 들어가 보니 흙더미 속에 물이 자작하게 고여 있고 범위가 제법 넓었다. 돌이 일정한 크기에 각이 나 있는 것으로 보니 자연석이라기보다 사람이 만든 돌이라는 느낌이 들었다.

손씨의 전화를 받은 재우가 금방 달려왔다.

"이 외딴 들판에 누가 이런 돌을 가져다 놓았을까요?"

"그러게요, 일단 한번 몇 개만 들어내 봅시다. 밑에 뭐가 있는지…."

돌덩이를 들어내고 바다 방향으로 흙을 파내자 들짐승의 은신처처럼 보이는 작은 공간이 드러났다. 그러나 크기나 방향은 짐작되지 않았다.

두 사람의 가슴이 어떤 예감으로 조금씩 요동치기 시작했다. 그들은 나뭇가지로 입구를 대충 가려놓고 서둘러 집으로 돌아왔다. 뒷날 몇 가지 연장을 챙겨서 본격적으로 작업을 할 심산이었다.

다음 날 손씨가 비단벌레 세 마리를 생포했다는 연락이 왔다. 그는 아내가 외출한 틈을 타서 서둘러 일행들을 가게로 불러 모았다.

"구형왕릉은 잘 다녀왔나요?"

손씨의 물음에 곡두는

"예, 생각했던 것보다 멀더라고요. 일단 사전 답사만 하고 왔어요."

그들은 서로 그동안 겪었던 일과 정보를 주고받았다.

"수로의 입구로 보이는 공간을 발견했는데 내일부터 본격적으로 작업해 보려고요."

손씨의 말에 재우가 신기하다는 듯이 말했다.

"안에서 해초 냄새가 나는데 가슴이 터지는 줄 알았어요."

곡두가 물었다.

"포클레인을 불러야 할까요?"

재우는 고개를 흔들었다.

"아니에요. 모두 수작업으로 해야지요. 마침 사람들이 다니지 않는 외진 곳이라 일하기는 좋아요. 만약 그게 수로가 분명하다면 신고부터 해야 할 겁니다."

"신고는 열쇠를 찾은 뒤에 합시다. 그건 나에게 맡겨요."

손씨의 말에 모두 고개를 끄덕였다.

"손형이 오래전부터 모든 준비를 하고 있었다는 생각이 드는군요."

비단벌레에게 눈길을 주고 있던 호세가 새장 문을 열고 손을 밀어 넣었다.

"됐어요."

손등에 올라앉은 비단벌레를 들여다보면서 호세가 말했다.

"이 비단벌레가 길을 안내할 거예요."

다음 날부터 시작한 흙 제거 작업은 순조롭게 진행되었고 동굴 안을 확인하는 일은 호세와 한별이의 몫이었다.

두 아이가 십여 미터쯤 기어들어 가니 일어서도 될 정도로 넓은 공간이 나타났다. 호세는 그곳이, 수로가 분명하다는 결론을 내렸고 이 말을 들은 일행은 호세가 왜 아이의 몸으로 왔는지 비로소 알 것 같았다.

재우는 이 공간이 읍천 주상절리가 형성되던 2천만 년 전에 생겨난, 자연 해저동굴의 일부분일지 모른다면서 흥분했다.

"양남 주상절리 전망대가 바로 코앞에 있잖아요. 자료를 찾아보니까 한반도 남부에서 활화산이 활동하면서 큰 지각 변동이 있었대요. 그때 일본 땅이 한반도에서 동남쪽으로 떨어져 나가면서 동해가 열렸다니까…."

"와! 땅에 그 정도로 큰 변동이 있었다면 동굴이 생기고도 남지, 제주도 전역에 150개 이상의 용암 동굴이 발견된 것을 감안하면 가능성이 있는 추측이야."

"맞아요. 수로가 확인된다면 정말 놀라운 일이지요."

곡두가 맞장구를 쳤다.

호세 일행은 손씨가 일러주는 대로 바닷물이 가장 많이 빠지는 날을 잡아 수중 무덤으로 들어갈 계획을 세웠다. 시간이 지날수록 호세의 말에 신뢰가 생겼지만 두려움과 의문이 커지는 것도 사실이었다. 하지만 아무도 이 일에서 손을 떼겠다는 사람이 없었다.

22

해룡

들판은 칠흑같이 어두웠다. 멀리 가로등의 행렬이 보이고 가끔 그 사이로 움직이는 자동차의 불빛이 눈에 들어올 뿐 주위는 조용했다. 손씨는 손전등으로 수로 속을 비추며 속삭였다.

"물이 빠지는 시간이 되었으니 작업을 바로 시작합시다."

"그럽시다."

재우가 목소리를 낮추어 호세와 한별이에게 당부했다.

"무슨 일이 있더라도 한 시간 안에는 반드시 되돌아 나와야 한다. 알았제? 억지로 되는 일이 없다는 거 절대 잊지 말고… 알았제?"

호세와 한별이는 헤드 랜턴을 고쳐 쓴 뒤 비단벌레가 들어 있는 작은 새장을 굴속으로 밀어 넣었다.

"우리는 여기서 기다리고 있을게. 일단 내 휴대전화 성능이 좋으니까 들고 가거라. 알람이 울리면 무조건 되돌아 나와야 한다. 그곳에서 전화가 될지 모르겠지만 3번 버튼을 누르면 손형이 받을 거고 4번은 곡두 이모다. 알았제? 우리는 이모의 휴대전화로 위치 추적을 계속하고 있을게."

재우의 목소리도 떨리고 있었다.

호세가 먼저 들어가자 한별이도 뒤따라 수로 속으로 머리를 들이밀었다. 무릎걸음으로 한참 기어가다 보니 두 사람이 일어서도 될 정도로 천장이 높아졌다. 여기까지는 이미 들어와 본 적이 있어서 별 어려움이 없었다. 조금 더 나아가니 큰 바위가 전면을 가로막고 있는데 사람이 만든 것으로 보이지는 않았다. 호세가 무의식적으로 비단벌레가 들어 있는 새장을 높이 올렸다. 그러자 돌문이 한쪽으로 기울어지면서 해초 냄새가 왈칵 올라왔다.

"여기서부터는 바닷속인 것 같아."

바닥에 나 있는 구멍을 보면서 서로 눈짓을 주고받았다.

조심조심 밑으로 내려간 두 아이는 갑자기 부는 회오리바람에 휩쓸려 들어갔다. 그런 와중에서도 호세는 새장을 꼭 끌어안고 있었다. 정신을 차려 보니 물속이 분명한데도 불구하고 두 사람의 옷이 하나도 젖지 않았다. 돔 형식으로 생긴 천장 위에서 바닷물이 잔잔하게 움직이고 있었다.

한별이는 문득 해운대에 있는 아쿠아리움에 갔을 때의 기억이 떠올랐다. 벽에 붙은 작은 수족관에서 갖가지 색깔의 물고기들이 움직이고 있었다. 한별이는 가슴이 너무 답답해서 얼른 빠져나와 옆 공간으로 들어갔다. 벽면 전체를 깊은 바닷속처럼 꾸며 놓은 거대한 수족관 속에서 큰 물고기들이 스쿠버의 뒤를 따라다니고 있었다.

터널처럼 이어놓은 수족관 밑으로 지나갈 때였다. 엄청나게 큰 상어 한 마리가 나타나자 구경하던 사람들이 환호성을 지르며 저마다 사진을 찍기 시작했다. 한별이는 그때 문득 상어와 눈길이 마주쳤고 그가 하는 말을 들었다.

"아아, 답답해. 바다로 돌아가고 싶어."

환청처럼 들리는 상어의 말과 함께 너덜너덜해진 상어의 머리 부분이 눈에 들어왔다.

그날 밤 한별이는 심한 몸살을 앓았다. 영숙은 얼음찜질을 해도 열이 내려가지 않는 아들을 돌보느라 꼬박 밤을 새웠다. 그리고 에어컨을 너무 심하게 트는 바람에 아이가 감기에 걸린 것 같다면서 아들이 다 나을 때까지 속상해했다.

해초들이 물결을 따라 움직이는 천장을 올려다보면서 한별이는 그때 그 상어를 생각했다.

"그 상어는 바다로 돌아갔을까, 아직도 땅속에서 유리벽에 제 머리를 찧고 있을까?"

가슴이 찌릿해졌다.

호세가 새장을 높이 들어올리며 소리를 지르는 바람에 한별이는 얼른 생각에서 벗어났다.

"태종 무열왕의 원자이자 신라의 서른 번째 왕위에 계셨던 김, 법, 민 문무 대왕마마께 아뢰옵니다. 우리는 태왕이셨던 법흥왕에 이어 진흥왕 시대에 화랑으로 활동했던 호세와 수품입니다. 오늘 사명을 가지고 이곳으로 왔으니 대왕님이시여, 부디 용체를 드러내어

주시옵소서."

호세의 말이 사방 벽면에 부딪히면서 메아리로 되돌아왔다.

"대왕마마, 새로운 신라 왕국을 건설하기 위하여 열쇠를 가지러 왔습니다. 허락해 주십시오."

무릎을 꿇었던 호세가 자리에서 일어나 손바닥으로 벽면을 쓰다듬자 한쪽 벽이 스르르 열리면서 어두운 공간이 나타났다. 한눈에 크기를 짐작할 수 없는 큰 동굴이었다. 이어서 두 사람은 자기들 앞을 가로막고 있는 큰 물체를 발견하고 놀라서 뒷걸음을 쳤다. 거대한 용 한 마리가 머리를 땅에 대고 누워있었다. 가까이 다가가서 살펴보니 한쪽 눈에 검붉은 피가 말라붙어 있고 온몸은 군데군데 살점이 뜯겨나가 상처투성이였다.

호세가 울부짖었다.

"아아, 대왕마마. 용체가 어찌하여 이렇게 되셨습니까? 도대체 언제부터 이런 상태로 계셨습니까?"

우렁우렁한 해룡의 목소리가 동굴 속을 가득 채웠다.

"나는 인간의 몸을 벗은 뒤부터 계속 이곳에 있었다. 며칠 전, 붉은 눈을 가진 대마도 흑룡이 몰래 이곳까지 올라오는 바람에 또 한 차례 전쟁이 벌어졌다. 나는 그때 이렇게 상처를 입었지만 흑룡은 더 크게 다쳐서 쥐새끼처럼 달아났다. 저들이 호시탐탐 한반도 바닷속을 넘보고 있지만 어림없는 일이다."

해룡의 말 한마디 한마디가 벽면에 부딪혀 메아리로 울렸다.

"나는 지금까지 수많은 싸움을 했지만 단 한 번 패했을 뿐 계속 저들을 제압해 왔다. 백 년 전 대마도 흑룡과의 싸움에서 지는 바람에 이 나라는 그들의 식민지로 전락을 했었다. 그 당시 무능한 왕과 부패한 관료들의 부정한 행동들은 내가 아무런 힘을 쓸 수 없도록 만들었다. 하지만 예나 지금이나 내 에너지의 근원은 이 나라의 백성에게서 온다. 돌아보면 얼마나 많은 사람이 나라를 되찾겠다고 아까운 목숨을 버렸느냐? 그 뒤 주권을 다시 찾았다지만 그것은 왜국이 연합군에게 항복하는 바람에 어부지리로 얻은 해방이었다.

그대들은 9대에 걸쳐 정승 판서를 지낸 조선 명문가 이회영 여섯 형제를 아느냐? 그들 형제는 대대로 국가의 녹으로 살았으니 이때야말로 나라를 위해 일을 해야 한다면서 재산을 정리해서 모든 가족을 이끌고 만주로 집단 망명을 했다. 그곳에 신흥무관학교를 세우고 3만 5천 명의 군사를 배출하며 조직적으로 군대를 양성했다. 그리고 수많은 전투에서 승리하며 왜국의 간담을 서늘하게 만들었으니 시간이 조금만 더 있었더라면 우리 힘으로 충분히 나라를 되찾을 수 있었을 것이다.

남의 손에 의해 얻은 해방은, 나라가 두 동강이 나고 동족끼리 전쟁을 하는 결과를 가져왔다. 얼마나 원통하고 안타까운 일이더냐.

너희들은 알고 있느냐? 왜국은 지금도 한반도에 대한 야욕을 버리지 않고 있다. 또한 그들에게 아부하여 호의호식하던 세력가들이 지금도 대를 이어가며 권력 자리에서 부귀영화를 누리니 어찌 통탄할 일이 아니더냐. 내가 지금까지 동해를 지킬 수 있었던 힘은 지도자나 벼슬아치들이 아니라 백성들의 소박한 염원에서 나왔다."

해룡은 잠시 숨을 몰아쉬었다.

"대왕마마, 안타깝게도 지금은 지구 행성 자체의 존립이 어려워진 상황에 이르렀습니다. 대왕마마께서는 케플러 행성에 대해서 알고 있으신지요?"

"북극성에 있을 때 지구와 비슷한 행성이 있다는 말을 들었다. 지금 그곳을 말하는 모양인데 그대는 가보았는가?"

"그러하옵니다. 사람들이 터를 잡고 살 모든 조건을 갖추고 있는 행성입니다."

호세는 자기가 지구에 온 이유와 목적에 대한 자초지종을 이야기했다.

"신라 왕국을 건설한다는 말이구나. 그건 불행 중 다행이다마는 지금, 이 순간 지구에서 살아가고 있는 사람들은 어떻게 된다는 말이냐?"

"그것은 우리들의 힘이 미치지 못하는 영역의 일이옵니다."

"안타까운 일이다. 인간들이 생각 없이 저질렀던 행동들이 이런 결과로 나타나다니… 그렇다면 이제 지구에 깃들어 있는 생명들이 한순간에 사라진다는 말인가? 정녕 지금 이 나라 백성들이 다 죽게 된다는 것인가? 세계 곳곳에 얼마나 많은 사람들이 있는데 모두가 도맷값으로 넘어간다니… 양심적으로 세상을 살아가는 사람들도 이 재앙을 피해 갈 수 없다는 뜻인가?"

"대왕마마, 이것은 자연 파괴로 인한 결과입니다. 순환의 법칙이 깨어졌고 자정의 능력도 잃었습니다. 너무나 짧은 시간 만에 일어난 일입니다."

"나는 지금 그대가 무슨 말을 하고 있는지 알고 있다. 인과응보라는 말이 이래서 생겨난 것이 아니겠느냐."

"지구는 이제 태양계 전체에 지장을 주는 혹성으로 변했습니다."

"하지만 지금이라도 한 사람 한 사람의 인성에 호소하면 되지 않는가?"

"짐작하시겠지만 그런 시도는 모두 실패했습니다. 종교는 왜곡된 가르침으로 세상을 더욱 어지럽게 만들고 문화는 일시적일 뿐 근본적인 해결책이 되지 못했습니다. 지구는 개개인의 자유 의지가 작용하는 곳이라 강제로 진행할 수 있는 문제도 아닙니다."

해룡은 한숨을 쉬면서 고개를 푹 꺾었다.

"이 일을 어찌하면 좋단 말인가."

"대왕님이 계시는 이곳도 원자력발전소와 핵폐기물 저장고가 있지 않았습니까? 지구 곳곳에 이런 악성 물질들이 차고 넘치는데 이 행성이 어떻게 온전히 작동할 수 있겠습니까."

"나도 안다. 하지만 상황이 그 정도로 악화했다는 사실은 몰랐다. 설령 안다고 해도 내가 무슨 일을 할 수 있었겠느냐? 그러고 보니 이 바닷속에서도 지진 전조 현상이 너무 자주 일어나고 있구나."

"그렇습니다. 대왕님께서도 이제 허물을 벗고 북극성으로 돌아가셔야 합니다. 그리하여 새로운 왕국 건설에 힘을 보태야 합니다."

"내가 짐작하건대 인간은 그곳에서도 똑같은 길을 걸을 것이다. 사람은 절대 바뀌지 않는다."

"아닙니다. 사람들이 자신의 양심이 하는 소리를 들을 수만 있다면 충분히 가능한 일입니다."

"양심?"

"그렇습니다. 자신의 내면에 조금만 귀를 기울이면 들을 수 있는 소리입니다. 양심은 항상 내가 당해서 싫은 일을 남에게 하지 않고 내가 대우받고 싶은 그대로 상대에게 행하라고 일깨워주고 있습니다. 이 간단한 원리를 알고 실천한다면 케플러 행성은 참으로 아름다운 삶의 터전이 될 것입니다. 대왕께서 가지고 있으신 그 열쇠는, 신라 경순왕 당시 몇 가지 부정적인 상황들을 정화하고 사람들의 양심 기능을 일깨우는 바탕이 될 것입니다.”

해룡이 왼쪽 손목을 내밀며 비늘을 쓸어올리자 옥룡으로 만든 팔찌가 드러났다.

“열쇠라? 그대들은 이것이 필요해서 온 모양이구나.”

그러고는 잠시 생각에 잠겼다.

“나는 감은사를 창건할 때 나라 곳곳에서 생산되는 옥룡 중에서 가장 아름다운 것들을 골라 방어진에서 잡은 고래의 힘줄에 꿰어 이 목걸이를 만들게 했다. 신문왕은 이것을 감은사 탑 속에 간직했다가 내가 수중 무덤 속으로 들어오자 이곳으로 옮겨왔지. 왜국은 사실 이 목걸이를 손에 넣으려고 그동안 여러 석탑을 해체하는 작업을 했다. 이제 이것은 그대가 가져가는 것이 마땅하다. 아아, 슬프고 안타까운 일이다. 어찌하여 지구가 우주에서 퇴출된다는 말이 될 정도로 악성으로 변했다는 말인가?”

“새로운 왕국에서 사랑을 실현할 것입니다. 대왕마마께서도 이 일에 함께해야 합니다. 마음만 먹으면 지금 바로 북극성으로 가실 수 있습니다. 이제 이 무거운 허물을 벗고 왕국 탄생에 힘을 보태시는 것이 마땅하다고 생각합니다.”

해룡이 고개를 저었다.

"아아, 아버지와 외삼촌이 보고 싶구나. 하지만 나는 계속 이곳에 남아있을 것이다. 그대는 괘념치 말고 임무를 수행하도록 하라."

"대왕마마, 제가 이것을 가져가 버리면 무슨 힘으로 견디시려 하십니까? 기력이 더욱 떨어질 것이 분명하온데…."

호세의 말에 해룡이 고개를 저었다.

"걱정하지 말라. 나는 사랑을 실현하려는 것이다. 이 사랑의 근원은 매달 초하루나 보름날, 이 바닷가를 찾아오는 사람들이다. 그들은 촛불과 향을 피우고 나라를 위해 기도한다. 그리고 그 염원이 하늘 멀리 우주 끝까지 닿기를 소망하며 풍등을 올린다. 그들이 왜 이곳으로 오겠느냐. 사는 것이 힘들고 고단하기 때문이다. 그들은 내가 자신들의 소원을 모두 들어준다고 믿고 있다."

"대왕마마, 오늘은 그냥 돌아가겠습니다."

호세의 간곡한 말이 끝나기도 전에 해룡의 목소리가 커졌다.

"빨리 임무를 시행토록 하라."

그때 갑자기 큰 웃음소리가 공간을 흔들었다.

"나는 붉은 눈을 가진 흑룡이다. 우리는 반드시 조선 땅을 되찾을 것이다. 그것만이 앞으로 일본 제국이 살아남는 방법이기 때문이다. 지금은 전범국가라는 낙인이 찍혀서 선제공격을 할 수 없지만 언젠가는 무력으로 다시 이 땅을 차지할 것이다. 그러기 위해서 우리는 오래전부터 온갖 수단과 방법으로 세계 강국들을 설득해 왔다. 그들이 우리 편이 되면 빼앗긴 땅을 되찾는 것은 시간문제다."

해룡이 호세에게 속삭였다.

"저놈이 하는 말을 들었느냐? 빼앗긴 땅이라고 하는구나. 적반하장이 따로 없다. 하지만 신경 쓸 거 없다. 시도 때도 없이 지껄이는 잠꼬대가 해류를 타고 흘러왔을 뿐이다. 내가 이 자리에 있는 한, 저들은 함부로 행동하지 못한다. 내일 지구가 박살이 나더라도 마지막까지 주어진 삶을 살아야 하는 것이 사람의 도리이거늘 하물며 내가 어찌 도리에 벗어나는 일을 할 수 있겠느냐. 나는 지구가 사라지는 순간을 이들과 함께할 것이다."

해룡은 목걸이를 빼서 호세의 목에 걸어주었다. 그리고 허공을 향해 우렁찬 목소리로 말했다.

"흑룡, 이 비겁한 겁쟁이! 큰소리치지 말고 당장 모습을 드러내어라. 내가 너의 그 간사한 혓바닥을 단숨에 뽑아줄 테니까…."

해룡의 말이 끝나는 것과 동시에 휴대전화에서 알람이 울렸다. 두 사람은 반사적으로 자리에서 일어났다. 호세를 따라오던 한별이가 갑자기 뒤돌아서더니 작은 가방에서 무언가를 꺼내 해룡에게로 뛰어갔다.

"대왕님, 이거 잡수세요. 우리 엄마가 사준 종합비타민인데요. 하루에 한 알씩 먹으면 몸이 좋아질 거예요. 엄마에게 또 사달라고 할 테니까 꼭 챙겨 드세요. 그래야 흑룡을 이길 수 있어요. 힘내세요. 알았죠? 해룡 파이팅!"

해룡은 한별이의 말을 따라 하며 등을 떠미는 시늉을 했다.

"파이팅? 그래 애야, 나도 파이팅이다. 잘 챙겨 먹으마."

한별이는 핏물이 말라붙은 해룡의 손등에 잠시 뺨을 대었다가 돌아섰다. 그리고 호세의 뒤를 쫓아 수로를 벗어나기 시작했다.

23

궁금증

"그러니까 문무왕께서 직접 이 목걸이를 주었다는 말이지?"

곡두가 목걸이를 보며 놀랍다는 듯이 말했다. 한별이는 이모가 또 가짜라고 할까 봐 가슴이 조마조마했다.

"세상에! 이건 진짜 곡옥이 분명해요. 아름다워라. 그런데 곡옥은 일본 사람들이 붙인 이름이고 우리는 옥룡이라고 부르는 것으로 알고 있는데…."

"그래요. 그렇게 부르는 것이 맞아요."

손씨가 고개를 끄덕였다.

"옥룡은 태아의 모양을 하고 있어서 생명의 움이라는 표현을 쓰기도 하지요. 두 개를 반대 방향으로 결합하면 태극 무늬가 만들어지니까 태극기의 원형으로 보는 사람도 있고요"

손씨도 한마디 보탰다.

"특히 옥룡은 왕권을 상징하기 때문에 왕족들이 장신구를 만들었지요. 경주 황남 고분에서 출토된 신라 금관은 무늬를 삼차원적으로 표현해서 용의 초기 형태를 형상화했다는 말도 있어요."

곡두가 호세의 손을 잡으며 말했다.

"그러고 보니 너희들이 가진 그 돌도 운석이 맞구나."

한별이가 반색했다.

"와, 대박이다. 이모가 드디어 우리말을 믿기 시작했어. 또 유원지에 가면 많이 파는 것이라고 말하면 어쩌나 하고 걱정했거든."

"한별아, 미안해. 이모가 몰라서 그랬어. 하지만 이제 사명감이 용솟음치는 기분이야."

곡두의 말에 모두 고개를 끄덕였다.

"그런데 일본은 왜 그렇게 오래전부터 우리나라 땅을 탐냈을까요?"

한별이의 물음에 재우가 말했다.

"섬이라는 지리적 여건도 있겠지만 문화적 열등감이 크게 작용했겠지."

"열등감이 뭐예요?"

"음… 그러니까 이를테면 이모는 노래를 잘 부르잖아. 그런데 어떤 사람은 아무리 노력해도 그런 목소리가 나오지 않는 거야. 그래서 이모의 목소리를 도둑질해 가려고 엿보는 것과 비슷해."

"저런 바보. 목소리를 어떻게 훔쳐 갈 수 있어요?"

"그렇지. 땅도 마찬가지야. 설령 힘으로 어떤 나라를 침범한다고 해도 그게 어떻게 자기 것이 될 수 있겠니? 무엇보다 그건 옳은 방법이 아니지. 한때 우리가 그들에게 나라를 빼앗긴 적이 있었지만 많은 사람이 독립운동을 계속하면서 투쟁했잖아.”

“맞아요. 대왕님도 똑같은 말씀을 했어요. 한집안 사람들이 모두 만주로 가서 군대를 만들고 일본에 맞서서 싸울 준비를 했대요.”

“그런 정신을 가진 사람들이 있는 한 침략은 절대 성공할 수 없지. 설령 힘으로 제압을 하더라도 바로 반격을 하기 때문이야. 문화가 앞서 있는 나라를 통치한다는 것은 특히 더 어려운 법이거든.”

“일본에도 훌륭한 문화가 많잖아요?”

“그렇지. 하지만 그들의 무의식 속에는 자기 나라가 언젠가는 바다로 가라앉을 거라는 생각이 깊이 박혀 있는 것 같아. 화산과 지진이나 태풍 같은 자연재해를 많이 겪어서 그럴 거야.”

곡두가 말을 받았다.

“집단 카르마?”

“맞아요. 안전한 땅에서 살고 싶다는 갈망이 집단화되면서 함부로 남의 땅을 빼앗는 왜곡된 형태로 나타난 겁니다. 문제는 일본 사람들은 대부분 변화를 두려워한다는 것인데 그게 우리나라 국민성과 다른 점이지요. 우리는 이게 아니다 싶으면 추운 날 촛불이라도 하나 들고 광장으로 나가야 직성이 풀리거든요. 그런 힘을 무서워하는 사람들은 누구라도 함부로 행동하지 못해요. 일본을 전범국가로 만든 것은 결국 소수의 위정자가 저지른 일이 아닙니까.”

재우가 화제를 돌렸다.

“앞으로의 할 일에 대해서 의논합시다. 이 옥룡을 어디에 보관하는 것이 좋을까요? 나는 곡두 씨가 목에 걸고 있는 것이 자연스럽고 안전할 것 같은데….”

“아이고, 이를 어쩌나. 지구를 내 목에 걸고 있으라는 말처럼 들려요.”

손씨가 맞장구를 쳤다.

“그게 자연스럽고 좋겠네요. 나는 오후에 숲으로 가서 비단벌레부터 놓아주고 올게요.”

“손형이 이번에 정말 큰일을 했어요.”

“마음이 많이 가벼워졌어요. 다음 일정은 어떻게 되나요?”

손씨의 말에 곡두가 대답했다.

“저는 내일 호세와 함께 구형왕릉을 다녀올 계획입니다. 이 선생님 시간은 어떠세요?”

“저도 함께 갑시다.”

어른들이 나누는 말을 듣고 있던 호세가 입을 열었다.

“이모, 밥은 언제 먹어요? 배가 고파요.”

호세의 말에 한별이가 고개를 갸우뚱했다.

“호세야, 하나 물어볼 게 있는데 괜찮겠니?”

호세가 고개를 끄덕였다.

“응. 무엇이든 괜찮아.”

“난 네가 어떤 색깔의 똥을 누는지 무척 궁금해.”

뜬금없는 말에 모두 웃음을 터트렸다.

“사람들은 음식은 같이 먹으면서 화장실에는 왜 혼자 가는 걸까?”

“이 녀석아, 그럼 사이좋게 마주 앉아서 똥을 눌까? 한별아, 이모 생각에는 음식은 맛있는 냄새가 나니까 같이 먹으면 좋지만, 똥은 안 좋은 냄새에, 보는 자세도 흉하니까 혼자 하게 된 것 같아. 그러니까 서로를 배려하는 마음으로 그런 거야."

이모 말이 흡족하지 않은지 한별이는 고개를 갸우뚱거렸다.

"흐흐, 옛날 도인들이 말했잖아요. 몸은 똥 만드는 기계라고요. 나도 가끔 인간이 너무 원시적인 방법으로 에너지를 만든다는 생각이 들어요. 만드는 과정에 비해서 효율도 너무 낮고요."

곡두가 재우의 말을 받았다.

"맞아요! 하루 세 번씩 공급해야 하고 배출하는 작업은 번거롭고… 따지고 보면 우리가 먹는 음식들이 모두 햇빛으로 만들어지는 것이니 태양 에너지로 생명을 유지하는 셈인데… 그런 시각으로 보자면 식물들이 훨씬 더 진화한 생명체라는 생각이 들어요. 만약 우리가 태양 에너지를 직접 공급받을 수 있다면 생존 방식이 완전히 달라지겠지요. 그래도 먹는 즐거움이 크니까 지금의 방식도 나쁘지는 않은 것 같긴 해요. 제 친구 중에 아침마다 태양을 보면서 명상하는 애가 있는데 확실히 에너지가 다르게 느껴지더라고요. 특히 요즘 사람들은 활동량이 적고 실내에서 많이 생활해서 그런지 너무 허약해요. 그나마 힘들게 얻은 에너지는 환경을 망가트리는 데 모두 사용하고요."

"배고파요. 날이 밝아졌으니 어디 가서 국밥이라도 먹읍시다. 재료가 들어가야 똥도 만들지요."

재우의 말에 모두 웃으며 일어섰다.

손씨는 가게 문을 잠그면서 이른 시간에 밥을 먹을 수 있는 식당이 있을지 잠시 고민했다.

호세가 한별이에게 속삭였다.

"사실 나는 아직도 화장실 가는 일이 많이 불편해."

"왜? 변비가 생긴 거야?"

"응. 북극성에서는 햇빛 에너지를 사용하니 배설할 것이 없었는데 말이지. 그래도 쌀밥은 참 맛있어. 오래 씹을수록 고소하고 기분이 좋아."

한별이가 입맛을 다시며 말했다.

"햇빛 맛은 어때? 달달해?"

"맛은 자기가 원하는 대로 느낄 수 있어."

"그건 별로 좋은 방법이 아닌 것 같아. 서로 같은 맛을 느끼면 행복하잖아. 넌 안 그래?"

"맞아. 나도 너랑 맛있는 거 먹을 때 정말 행복해."

두 아이가 나누는 말을 들으며 어른들도 고개를 끄덕였다.

24

수용

손씨는 아침 일찍 숲으로 가서 비단벌레를 풀어주고 왔다.

재우는 손씨를 따라 숲으로 가고 싶은 마음을 꾹 누르면서 산청행을 계획하고 있었다. 한때 전국 곳곳을 답사하고 다녔지만, 구형왕릉에는 가본 적이 없어서 좋은 기회라는 생각이 들었다. 그런데 갑자기 예약이 들어오는 바람에 산청에 가는 것을 포기할 수밖에 없었다.

"곡두 씨, 갑자기 예약 손님이 있어서요. 내일 서울에서 건축과 학생들이 몇 명 오는데 이틀 동안 경주 일대를 안내하고 한옥에 대해 강의도 해야 하니까 다음으로 미루어야겠어요. 이번에는 그냥 아이들과 다녀오세요."

"이 불경기에 반가운 소식이네요. 그런데 지금 단체 손님을 받을 수 있나요?”

“아니요. 사실 작년 겨울에 예약되어 있던 팀인데 전염병이 심해지는 바람에 취소했거든요. 그런데 아무래도 아쉬워서 안 되겠다면서 연락이 온 겁니다. 과 대표와 임원들만이라도 오겠다고요.”

“스무 명이 넘는 학생들이 왔으면 돈도 되고 좋았을 텐데… 아까워요.”

“그러게요. 젊은이들이 고택을 경험할 수 있는 좋은 기회인데 너무 아깝지요. 그리고 돈이 생기니까 얼마나 좋아요. 돈은 살아가는 데 꼭 필요한 에너지잖아요. 내가 그 사실을 좀 일찍 깨달았더라면 좋았을 텐데….”

“그랬다면 수오재가 태어나지 못했을 것 같은데요.”

“그건 맞아요.”

재우는 아이들과 함께 시간을 보내지 못하는 것이 못내 아쉬웠다. 불과 일주일 전 두 아이를 만나면서부터 믿을 수 없는 일들이 계속 일어나고 있었다.

다른 행성에서 왔다는 호세를 만났고 살아 있는 비단벌레를 보았으며 수중왕릉과 이어진 수로를 발견했다. 그리고 무엇보다 문무왕이 주었다는 옥룡 목걸이를 보고 직접 만졌다. 실제로 일어나고 있는 일이었지만 의문은 계속 꼬리를 물고 일어났다. 사람들에게 이런 말을 대놓고 당당하게 할 수 없다는 것도 무척 답답했다.

하지만 되돌아보면 종말에 대한 이야기는 오래전부터 계속 있었다. 찬란한 문명을 이룩한 고대 마야인들이 만든 달력이 2012년 12월 23일까지만 있다는 사실은 유명한 이야기다. 아무튼 그날이 되었을 때 사람들은 알게 모르게 심리적인 갈등을 겪었고 일부 종교 단체에서 종말에 일어날 현상들을 계속 말하는 바람에 사회 분위기도 어수선했다. 구원을 받겠다는 사람들이 휴거 소동을 벌이고 방송국에서 현장을 생중계하는 해프닝도 벌어졌다. 죽음을 두려워하는 인간들의 심리가 여실하게 드러나는 과정에서 일어난 혼란이었다.

재우는 생사의 여탈권을 가지는 것은 인간의 영역 밖이라고 여겼다.

어떤 이유로 자신이 이번 일에 연루되었는지 모르겠지만 모험이라 생각하면 기분이 괜찮았다. 그리고 이 일에 동참하고 있다는 자체가 용기와 호기심이 남아있다는 증거가 아닐까 싶었다.

'내일 지구의 종말이 오더라도 오늘 한 그루의 사과나무를 심겠다'라고 말했던 사람이 루터였던가? 스피노자였던가? 그는 문득 몇 년 전에 읽었던 신문 기사를 떠올렸다.

영국의 한 출판사가 SF 소설 출간을 앞두고 실시한 설문조사 결과였다. 인류를 단번에 멸망시킬 정도로 거대한 혜성과 충돌할 시간이 한 시간밖에 남지 않은 상태라면 남은 시간 동안 무엇을 하겠느냐는 질문이었다.

많은 응답자가 기도를 하거나 샴페인을 마시며 조용히 받아들이겠다고 대답했다. 하지만 사랑하는 사람과 마지막 시간을 보내고 싶다고 한 사람이 그보다 많은, 절반 이상이나 된다는 내용이었다.

그도 처음에는 가족들과 함께 있겠다고 생각했다. 하지만 결론은 고택 복원하는 일을 계속하겠다는 것이었다. 재우는 그해 자금난으로 심한 고통을 받았는데, 뜻밖에 떠오른 답에 자신도 놀랐다. 그리고 그 절절한 감정이 역설적으로 어려운 현실을 헤쳐 나갈 수 있는 돌파구가 되어주었다.

그로부터 10년이 지났다. 그는 다시 자신에게 질문했다. 딱 한 시간 뒤에 지구가 유성으로 사라진다면 지금 무엇을 할 것인가?

답은 바로 나왔다. 수오재에서 묵고 갈 손님들을 위하여 청소를 하고 있을 것이다. 순간 가슴에서 잔잔한 파문이 일어나더니 목울대에 울컥 걸리는 것이 있었다.

그는 고개를 들어 하늘을 올려다보았다. 호세가 말하는 새로운 왕국의 탄생은 눈앞에서 일어나고 있는 현실이다. 그리고 나는 이 여정에 기꺼이 동참할 것이다. 그러자 머릿속에 광활한 우주가 들어 있는 것처럼 느껴졌다. 그는 지금 일어나고 있는 일들을 굳이 현실의 틀 속에 가두려고 할 필요가 없다고 생각했다. 문득 자존감이 오르면서 자신의 의식이 무한대로 확장되는 느낌이 들었다.

그는 아무런 판단이나 결정하는 것이 없는 상태로 내뱉었다.

"소소영영昭昭靈靈"

무엇이 보이거나 들리는 것이 없는데 명백한 자신이 느껴졌다. 그는 며칠 전 순정을 입에 담았을 때처럼 가만히 되뇌었다.

"소소영영이라….."

곡두가 재우와 통화를 하던 시각에, 수정마을에는 부산댁이 한별이의 집 마당으로 들어서고 있었다.

"오늘은 사람이 사는 집 같네. 그런데 공주님과 엄마는 어딜 가셨나?"

"아, 우리 언니요?"

곡두가 반색했다.

"오라. 은별이 이모로구나. 동생이 가수라고 자랑하던데 직접 만나니 기운이 남다르네. 이런 에너지 가진 사람 만나기 힘든데….."

혼잣말처럼 중얼거렸다.

"아니에요. 기운은 무슨….."

곡두는 겸손을 떨면서 자기도 모르게 목에 걸고 있는 옥룡을 만졌다. 수중 무덤에서 가져온 목걸이를 한 뒤부터 내면이 고요해진 상태였다. 쓸데없는 생각이 없어지고 사람이 단순해졌다는 것이 정확한 표현인지도 모른다. 그것은 시시각각 변하는 감정의 여러 부분을 객관적으로 보고 있다는 말과 같았다.

곡두는 얼른 화제를 돌렸다.

"언니는 은별이와 병원에 갔어요. 지금쯤 올 때가 됐는데….."

"잠시 기다렸다가 얼굴이나 보고 가야겠네. 당분간 만나지 못할 텐데….."

"어디 가시는 모양이지요?"

"몸이 아픈 사람이 있어서요."

"아는 분이 병원에 계시는가 봐요."

"집에서 조리하고 있는데 거동을 못 할 정도로 몸이 안 좋아요."

"아이고, 어쩌다가 그 지경이….."

"그러게요."

그때 마침 영숙이 대문을 들어서다가 부산댁을 발견하고 활짝 웃었다.

"어머. 보살님이 오셨네요. 기도해주신 덕분에 우리 딸이 많이 좋아졌어요."

"덕분은 무슨… 나을 때가 되니까 그렇지."

부산댁이 반기며 은별이의 머리를 쓰다듬어 주었다.

"아이고, 우리 공주님이 혈색이 참 좋구나."

은별이는 부산댁의 억센 손을 감싸 쥐고 뺨에 가져갔다. 할머니의 손은 거칠지만 따뜻하고 편안했다. 자기 병을 낫게 하려고 시골로 이사 온 엄마 아빠도 고맙고, 오빠가 학교를 가지 않고 돌봐주는 것도 고마웠다. 게다가 곡두 이모와 호세는 물론이고 이웃집 할머니까지 예뻐해 주니까 기분이 좋았다. 하지만 다 함께 있는 시간이 너무 적었다. 특히 호세가 온 뒤로 오빠가 바깥에서 보내는 시간이 많아서 아쉬웠다.

"그래도 괜찮아. 모두가 나를 위해 주니까…."

은별이는 혼잣말을 하면서 어깨를 으쓱했다.

할머니가 계속 머리를 쓰다듬어 주자 은별이는 하하하, 소리를 내며 웃었다. 그렇게 웃을 때 가장 좋아하는 사람이 아빠였다. 엄마 아빠를 위해서라도 많이 웃고 싶은데 힘이 없으면 자꾸 얼굴이 찡그려졌다.

부산댁이 한동안 집을 비우게 되었다면서 산청으로 간다고 하자 영숙은 문득 생각났다는 듯이 곡두를 바라보았다.

"참, 너도 내일 산청으로 간다고 하지 않았니?"

"그래요. 할머니, 저도 그쪽으로 가니까 함께 가요. 마침 앞좌석이 비니 잘됐네요."

"아이고, 고마워라. 짐이 있어서 걱정했는데…."

"주소만 주시면 집까지 모셔다드릴게요."

"산청군 금서면에 있는 마을 회관까지만 태워줘요. 거기서 조금만 올라가면 되니까."

"그럼, 내일 아침 9시에 집 앞으로 갈 테니까 준비하고 계세요."

"고맙수."

부산댁은 고맙다는 말을 되풀이하며 활짝 웃었다.

25

해후

스님은 자리에 누워서 바깥으로 귀를 기울였다. 요즘 들어서는 새벽 기도도 못 할 정도로 기운이 달렸다. 입맛이 없고 어깨는 큰 짐을 지고 있는 것처럼 무거웠다. 그래도 부산 보살이 온다는 소식에 아침부터 마음이 설렜다. 창문 밖이 훤하지만, 개구리들이 한바탕 울고 팔다리가 더 쑤시는 것으로 보아 비가 올 것 같았다. 스님은 비를 좋아하지만, 부산 보살이 할 일이 많아질까 봐 마음이 쓰였다.

올 때마다 먹을 것을 바리바리 싸 들고 오는 그녀는 피붙이처럼 귀한 사람이었다.

산청에 있는 옛집으로 거처를 옮기고 싶었지만, 엄두가 나지 않았다. 홀로 고향 집을 지키던 어머니가 돌아가신 뒤로 계속 비어 있던 집이었다.

부산 보살은 그런 마음을 알아차리고 거처하는 데 불편이 없도록 준비를 해주었다. 장판을 새로 깔고 도배를 직접 했으며 이부자리까지 준비해 두었다는 말을 들었을 때 눈물이 났다. 지붕이 낮은 옛집으로 돌아온 지 한 달 남짓, 몸과 마음이 만신창이가 될 때마다 떠오르던 집이었고 아무것도 하지 않고 지내기에 더없이 좋은 장소였다. 고향 집으로 돌아오기 위해 모든 활동을 접는다고 생각했는데 막상 와보니 우주를 몇 바퀴 돌고 돌아 원래 있던 자리로 왔다는 느낌이 들었다.

동네는 옛날 모습이 거의 사라졌다. 어릴 때 골목마다 넘쳐나던 아이들은 하나도 보이지 않고 사람이 사는 집에도 노인만 홀로 있는 경우가 많았다. 그러다 보니 스님이 거처하는 외딴집에 관심을 가지는 사람이 아무도 없었다.

진성산 문제가 일단락되는 것과 함께 스님은 한동안 영덕 칠엄산 자락에 있는 작은 마을에서 칩거 생활을 했다. 그러다가 세상으로 다시 나온 것은 대대적인 강 정비 사업이 시작되었다는 말을 들은 뒤였다. 낙동강이 빠른 속도로 원래의 모습을 잃어가고 있었다. 시커먼 돌멩이들로 뒤덮인 강바닥을 바라보며 스님은 한탄하고 분노하고 눈물을 흘렸다. 그런 변화들은 모두 본류에서 준설작업을 하는 과정에서 생겨난 현상이었다.

회복이 불가능할 정도로 망가진 강가에서 스님은 자본의 힘과 인간들의 이기심에 진저리를 쳤다. 문득 그 현장들을 기록해야겠다는 생각이 들어서 강이 변해가는 모습들을 찍기 시작했다. 백 미터마다 사진을 한 장씩 찍어 자료를 남기고 공사가 진행되는 상황들을 글로

썼다. 대규모 공사 현장에서는 텐트를 치고 며칠씩 노숙할 때도 있었다.

공사에 관계된 사람들은 드러내놓고 스님을 비난하거나 욕했으며 그들의 말에 영향을 받은 주민들도 마을 출입을 막거나 욕설을 퍼부었다. 그중에는 따귀를 때리거나 침을 뱉는 사람도 있었다. 하지만 가장 꼭대기에서 일을 추진하거나 지휘하는 사람은 한 번도 본 적이 없었다.

그들은 말했다.

"모두 조심해, 나랏돈을 수조 원씩 말아먹은 돌중 하나가 이번에는 강에 나타나서 공사를 방해하고 있어."

언론들은 진성산 때와 다르게 기사를 쓰지 않는 것으로 철저하게 그들을 도왔다. 하지만 스님은 그런 데 흔들리거나 연연하지 않을 정도로 초연했다. 그 고요함은 역설적이게도 그들에게 수없이 맞으면서 생겨난 맷집 때문이었다.

자본과 개발 권력에 단식이라는 무기 하나로 맞섰던 스님은 걸음조차 제대로 걷지 못하는 몸으로 이 마을로 들어왔고 함께 생활하면서 다시 삶의 현장으로 복귀할 수 있었지만, 장기간 단식 끝에 얻은 병은 깊어지고 있었다. 돌아보면 생사의 고비를 넘나들 때마다 알 수 없는 생명의 힘이 작용하는 것 같았다.

스님은 고향 집에 돌아와서야 비로소 온전히 쉬고 있다는 느낌이 들었다. 가만히 누워서 낮은 천장을 올려다보고 있으면 어머니 품속에 안겨 있는 것처럼 편안했다. 가끔은 살아온 나날들이 꿈결처럼 스쳐 가면서 지금이 삶의 마지막 단계라는 생각도 들었다. 스님은 맛있는 음식을 아껴 먹는 것처럼 주어진 그 시간을 음미했다. 그리고 삶이 얼마나 신비로운 경험의 연속이었는지 되새기며, 죽음의 문턱을 가볍게 넘어갈 준비를 했다.

문밖에서 자동차 소리와 함께 인기척이 들렸다. 부산 보살이 택시를 타고 올라온 모양이었다. 진입로가 가파르고 차를 돌리기 힘든 곳이라 집 앞까지 올라오는 경우는 거의 없었다. 몸을 추스르며 자리에서 일어나는데 부산 보살의 목소리가 들렸다.

"이모, 내가 회관 앞에 세워달라고 했잖아요. 이 좁은 곳에서 어떻게 차를 돌리려고…. "

"괜찮아요. 이 정도면 충분해요."

젊은 여자의 목소리도 들렸다.

방문을 열고 밖을 내다본 스님은 예상하지 못했던 광경에 잠시 놀랐다. 젊은 여자가 트렁크에서 짐을 내리고 열 살 남짓 되어 보이는 두 명의 사내아이가 안으로 옮기고 있었다.

아이들을 가까운 거리에서 본 것이 언제였지? 스님은 신기한 모습이라도 보는 것처럼 두 아이에게 눈길을 보내고 있었다.

마루에 짐을 내려놓던 호세가 문 옆의 벽에 기대앉은 스님을 발견하고 눈을 크게 떴다.

"세상에… 이렇게 좁은 곳에서 차를 돌리다니… 이모 운전 실력이 정말 대단해요."

감탄을 연발하면서 대문을 들어서던 부산댁이 뒤늦게 스님을 발견하고 소리를 질렀다.

"아이고, 일어나 계시네."

스님이 손으로 부엌 쪽을 가리키며 띄엄띄엄 말했다.

"물이라도 좀 드시도록…."

부산댁이 얼른 부엌으로 들어가 몇 개의 물컵을 챙겨 나왔다. 그러고는 사람들에게 차례차례 물을 건네고 마지막으로 곡두에게 속삭였다.

"지우 스님이십니다."

"아!"

순간, 곡두의 눈이 커졌다. 눈앞에 스님이 있는 것도 뜻밖의 일이지만 정작 놀란 이유는 따로 있었다. 호세가 들고 있던 짐을 마루에 내려놓기 바쁘게 스님의 두 손을 덥석 잡았기 때문이었다. 스님도 잠시 당황해하는 눈치였다.

"아씨, 저를 알아보시겠습니까? 천덕입니다."

"천덕이?"

"그렇습니다. 반야암에 있던 천덕입니다."

"반야암? 아, 사벌주에 있던 그 반야암?"

스님의 입에서 자신도 알 수 없는 말이 튀어나왔다. 곡두는 사벌주라는 말이 무슨 뜻인지 몰라서 고개를 갸우뚱했다. 집 밖에 있는 작은 웅덩이에서 또 한 차례 개구리들이 요란스럽게 울 뿐 사람들 사이엔 잠시 침묵이 흘렀다.

호세가 두 팔을 벌리더니 가만히 스님을 껴안았다. 스님의 얼굴이 일그러지면서 두 눈에서 눈물이 흐르기 시작했다. 작은 손으로 스님의 등을 토닥토닥 두드리는 호세의 어깨도 조금씩 흔들리고 있었다. 곡두는 혼잣말을 하면서 손등으로 눈물을 훔쳤다.

"이제 알았어. 지우 스님이 바로 꿀 항아리를 가져왔던 그 여인이었구나."

26

누명

사람들은 벽에 등을 기대고 호세의 말을 듣고 있었다.

계속 침묵하던 스님이 짧게 물었다.

"매 순간 일어나는 자연현상에 인간이 어떻게 관여할 수 있겠습니까. 그나저나 혜성이 오고 있다는 뉴스가 나왔나요?"

"아닙니다. 지금의 천문학 수준으로는 감지할 수 없는 영역의 일입니다."

호세의 말에 스님은 고개를 끄덕였다.

"우리가 할 수 있는 일이 아무것도 없다는 말이군요."

곡두는 자신의 목을 보여주면서 말했다.

"스님, 이것 좀 보세요. 문무왕릉에서 찾은 열쇠입니다."

"세상에… 그건 곡옥이 아닌가요?"

"호세와 한별이가 수중왕릉에 들어가서 문무왕에게 직접 받아온 겁니다. 그리고 천전리에 있는 열쇠는 위치를 알아두었으니 꺼내는 일만 남았습니다. 이제 구형왕릉에서 이런 운석을 하나만 더 찾으면 됩니다."

곡두의 말이 끝나자 호세는 주머니 속에 있던 돌을 꺼내 보여 주었다. 스님은 호세가 건네주는 돌을 손바닥 위에 올려놓고 고개를 갸우뚱했다.

"이것은 신라 남해왕 시대 서라벌에 떨어졌던 운석입니다. 또 하나는 한별이 집에서 발견했지요. 그리고 나머지 하나가 더 필요한데 구형왕릉 어딘가에 있는 것으로 알고 있습니다. 운석 세 개가 하나의 열쇠로 작용하는 셈입니다. 무엇이든 셋이 모이면 완성되니까요."

호세의 말에 스님이 운석을 만지며 말했다.

"지금도 그 자리에 있는지 모르겠지만 구형왕릉에 소풍을 갔을 때 이런 돌을 본 적이 있어요. 중학교 2학년 때였는데 돌무덤 뒤쪽에 색다른 돌이 보여서 친구들에게 말했더니 모두 나를 놀렸어요. 헛것을 보고 있다고요. 단식 후유증으로 생사의 고비를 넘나들 때 문득 그 돌이 생각난 적이 있었어요. 지금도 그곳에 있는지 모르겠지만 그게 그대들이 찾는 게 맞다면 내가 옳았다는 것을 증명할 수 있을 것 같아요. 적어도 나 자신에게는요."

호세가 말했다.

"아씨, 옳은 것을 증명할 필요는 없어요. 그 자체로 옳은 거니까요. 그리고 그 옳은 것들이 모두 모여서 사랑의 밑바탕이 돼요. 아씨는 그 사랑, 아니 순정 그 자체로 지금까지 존재해 오신 겁니다."

"순정? 지금 순정이라고 했나요?"

"아씨는 이미 순정을 꽃피웠지요. 혹시 사벌주 반야암 스님을 기억하시는지요."

스님이 고개를 저었다.

"아득한 전생의 일입니다."

그러고는 꿀 항아리에 대한 이야기를 시작했다. 말없이 듣던 스님이 무언가 생각이 난다는 듯이 고개를 끄덕였다.

"맞아요. 그때 소년이 기거하는 방에서 머물렀던 기억이 나요. 스님은 토굴에서 나오지 않았고… 나를 내치는 이유를 알았기 때문에 가슴이 더 아팠어요. 그는 나와 혼인할 수 없는 신분 때문에 출가했거든요. 우리는 깊은 절망 상태에 빠져 있었어요."

"반야암을 떠나서 어디로 가셨는지 기억나십니까?"

"집으로 갈 수 없었지요. 진골 가문인 집안에서 수행승만 바라보는 나를, 이미 버린 자식이라 여겼으니까요. 걸인처럼 떠돌아 다니다가 청도 부근에서 비구니 스님을 만났습니다. 그분이 자신의 거처로 나를 데리고 갔어요. 지금 짐작해 보니 운문사가 아니었나 싶네요. 그곳에서 오랜 행자 생활 끝에 수계를 받았지요."

곡두는 스님과 호세가 나누는 말을 들으면서 가슴이 따뜻해지는 것을 느꼈다. 부산댁이 곡두에게 귓속말을 했다.

"두 사람의 이야기를 들으니까 전생과 현생이 따로 없다는 생각이 드네요. 평소 스님이 수행자로 몇 생을 살았을 거라고 생각했는데 내 짐작이 맞았어요. 하지만 인간으로 태어났다면 좋은 사람을 만나서 사랑을 나누고 아기를 낳아 기르면서 오순도순 사는 것이 바람직하다는 생각이 들어요. 그렇지 않으면 이리 귀한 도련님들이 어떻게 세상에 올 수 있겠어요. 아이들만큼 아름답고 소중한 존재가 어디 있어요?"

곡두는 부산댁에게 독신의 자유를 설명하는 것은 낙타가 바늘구멍으로 들어가는 것보다 더 어려우리라 생각했다.

그들은 부산댁이 준비해 온 재료로 음식을 만들어 점심을 먹었다.

"아이고, 음식을 전혀 못 드시더니 이제 입맛이 돌아왔나 보네. 스님 이것도 좀 잡수세요."

부산댁이 목소리를 높였다.

"보살님 짐이 많은 이유가 있었군요."

곡두의 말에 부산댁이 활짝 웃었다.

"차를 태워준다기에 욕심을 좀 부렸답니다. 여기서는 시장 보는 게 불편해서…."

"요즘은 무겁게 들고 다니는 사람이 없어요. 택배로 붙이고 오면 편할 텐데요."

"기사가 여기까지 올라오려면 힘들 것 같아서… 이모도 나 편하라고 무리해서 올라왔잖아, 그걸 아니까 미안해서…."

"마을 회관에 맡겨 놓으라 하고 뒤에 가져오면 되잖아요."

"그렇게 되면 스님이 계시는 것이 알려지니까. 우리 마을에는 경로당이 전염병 때문에 문을 닫았던데 여기도 그럴 것 같고…."

곡두는 거기까지 생각하지 못한 것이 미안했다.

부산댁은 스님이 사람들과 어울려 이야기 나누는 것을 바라보며 마치 죽었던 사람이 다시 살아온 것 같다는 생각을 했다. 그리고 그건 두 아이가 밝은 에너지를 전해줬기 때문이라고 믿었다.

곡두 일행들이 구형왕릉으로 간다고 하자 부산댁이 조심스럽게 말했다.

"스님, 차가 있으니까 함께 가보시면 어떨까요. 조금 걸어보는 것도 좋을 것 같아요."

스님은 고개를 끄덕였다.

"그럽시다. 보살님도 가시지요."

"나는 청소를 좀 할게요. 마당에 난 풀도 좀 뽑고요."

스님이 힘겹게 자리에서 일어나더니 옷매무시를 가다듬었다.

돌무덤은 예나 지금이나 여전해 보였다.

"얼마 만에 와 보는 곳인가."

출가한 뒤로 찾은 적이 없었으니 30년이 넘은 것 같았다. 어릴 때는 예사로 보았는데 위로 올라갈수록 범위가 줄어드는 구조라 안정감이 있었다. 무덤 주변에 담을 쌓아 들어가지 못하게 해놓은 것도 그대로였다.

사방이 울창한 숲이라 새소리가 많이 들렸다. 문득 돌무덤 위로는 잡초나 낙엽도 피해 간다던 말이 생각났다.

"구형왕릉은 돌무덤인데도 뱀이 없다는 말이 있어요. 칡넝쿨도 방향을 바꾸어 자란다 하고요."

스님이 어릴 때 들은 말을 일행들에게 전해주었다.

60대 초반으로 보이는 등산복 차림의 남녀 몇 명이 무덤 앞에서 사진을 찍고 있었다. 알록달록한 옷 색깔이 화사한 꽃잎처럼 주변을 밝게 만들었다. 여자 두 명이 스님 앞을 지나면서 가볍게 허리를 숙이자 스님도 손을 모으고 답례했다. 일행들이 뒤편으로 올라가기 시작하자 그들도 뒤따라서 왔다. 스님은 걷는 게 많이 힘 드는지 몇 차례 걸음을 멈추었다. 그리고 무덤 뒤편에 도착하자 숨을 가다듬고 윗부분을 살피더니 낮게 탄성을 질렀다.

"아, 보여요."

스님의 손가락 끝으로 일행들의 눈길이 따라갔다.

"뭐가 있어요?"

여자들이 심드렁한 표정으로 저들끼리 수군거렸다.

"여긴 구경할 게 너무 없어. 달랑 이 돌무덤 하나뿐이구면."

"이게 김해 김씨 문중에서 지어낸 이야기라는 말도 있던데… 관광객을 끌어들이려고…."

"그만 내려갑시다. 건너편에 있는 약수터에 가서 물이나 한 바가지 마시고 다음 코스로 가야지."

그러고는 앞서거니 뒤서거니 하면서 내려가기 시작했다.

"가만 있자. 그런데 저 스님 어디서 본 것 같은데…."

남자가 갑자기 걸음을 멈추더니 목소리를 확 낮추었다.

"맞다. 저 여자, 단식하던 그 중인 것 같은데… 이름이 뭐였더라."

"지우?"

누군가가 맞장구를 치자 모두 스님에게로 고개를 돌렸다. 그리고 약속이라도 한 것처럼 표정이 확 달라졌다. 한 여자가 혀를 끌끌 차며 말했다.

"아이고, 머리 깎고 먹물 옷만 입으면 다 스님인가? 옳은 스님이라면 절에서 염불이나 열심히 할 일이지. 개구리 새끼가 죽는다는 헛소리나 하면서 공사를 방해하더니… 아이고야, 참말로 얼굴도 두껍제. 나라를 그만큼 시끄럽게 하고 돈을 축냈으면 조용하게 살아야지 저렇게 활개를 치고 다니다니, 나라 법이 너무 물러 터졌지."

"쉿, 들리겠다. 목소리 좀 낮춰."

"왜 내가 못 할 말이라도 했나? 저 돌중 들으라고 일부러 크게 말하는데… 하여튼 나라 법은 강해야 한다니까… 내가 속이 터져서 원."

"그건 맞아. 법은 엄청 강해야 해."

"재수 없어."

그러고는 다들 약속이라도 한 것처럼 주머니에서 마스크를 꺼내 쓰기 시작했다.

뒷모습이 멀어지면서 그들의 말은 더 이상 들리지 않았다. 곡두는 피가 거꾸로 치솟는 느낌이 들어서 두 주먹을 불끈 쥐고 서 있었다. 마음 같아서는 여자의 뒷덜미를 잡아 돌리고 조곤조곤 따져 묻고 싶었다. 하지만 스님의 표정은 하나도 바뀌지 않았다.

27

발각

같은 시각, 손씨는 늦은 점심을 먹은 뒤 가게를 나섰다. 슬그머니 자리를 뜨는 남편의 뒤통수에 대고 수성댁은 몇 차례 주먹질하는 시늉을 했다. 수성댁이라는 택호는 대구 수성못 부근에서 살았다는 말을 들은 동네 사람들이 붙인 것이었다.

수성댁은 요즘 들어 부쩍 외출이 잦아진 남편이 무슨 꿍꿍이를 벌이고 있는지 짐작이 가지 않았다. 감은사지가 유명해지는 것과 함께 손현수라는 이름 앞에 감은사 지킴이라는 말이 붙으면서 한때는 텔레비전에 출연하는 일도 있었지만, 달라진 것은 딱히 없었다.

"어이구, 답답해. 저 속에 뭐가 들어 있는지 도무지 알 수가 있어야지."

그녀는 남편에게 향했던 주먹으로 제 가슴을 쳤다. 그런 사실을 아는지 모르는지 손씨는 한결같이 반응이 없었다. 그의 머릿속에는 온통 비단벌레와 수로에 대한 생각뿐이었다. 대왕암에서 가져온 옥룡 목걸이를 생각하면 가슴이 뛰었지만, 혜성과 충돌한다는 말은 여전히 허황되게 느껴졌다. 그러나 받아들이건 아니건 어차피 자신의 힘이 미치지 않는 영역의 일이었다.

수로는 그대로 묻어버리는 것이 좋을 것 같았다. 읍사무소에 신고하면 보존이니 뭐니 하다가 결국은 관광 상품으로 개발하려고 들 것이 분명했다. 돈이 되는 일이라면 산이건 강이건 그냥 두지 못하는 세상이었다. 한때는 지방 곳곳에 케이블카가 들어서더니 최근엔 출렁다리를 만들거나 스카이워크라는 철재 탑을 세우는 게 유행처럼 번지고 있었다. 생각이 거기까지 이르자 손씨는 지구가 백번 박살이 나고도 남을 일이라고 혼자서 분개했다. 어느 날 그런 심정을 재우에게 털어놓았더니

"손형, 우리가 할 수 있는 일이 무어 있겠소. 그냥 목숨이 다하는 날까지 주어진 일을 하면서 순순히 받아들입시다."

하며 위로해 주었다.

동네 여자들을 상대로 잡동사니 물건이나 팔던 떠돌이 약장수들은 전염병이 본격적으로 시작하자 짐을 쌌다는 소문이었다. 마땅하게 갈 곳이 없어진 아내는 저녁밥을 먹기 무섭게 옆 동네로 달려가서 고스톱을 치는 일에 재미를 붙인 모양이었다.

요즘 들어 가끔 아내가 불쌍하다는 생각이 들고 은근히 미안한 마음이 일어날 때도 있었다. 그렇게 말이 많은데도 새겨들을 것이 하나도 없는 여자를 만난 바람에 늘 외롭다고 생각했는데 지구가 없

어질 수 있다는 말을 들은 뒤부터 역지사지의 마음이 일어났다.

아내의 소원대로 도시에서 직장 생활을 하며 살았다면 삶이 어떻게 펼쳐졌을까? 그래도 고집을 꺾고 내려와 고향에서 노후를 보내고 있으니 고맙다 싶었다. 오늘은 아내에게 다정하게 그런 말을 한마디 하자고 다짐해도 마주 앉으면 거짓말처럼 그 마음이 사라지는 것은 또 무슨 까닭인지 모를 일이었다.

수로 입구에 도착한 손씨는 다른 사람이 다녀간 흔적이 있는지 살펴보았다. 임시방편으로 막아 놓은 현장은 그제와 다름없었다. 그는 안을 들여다보면서 어디서 어디까지 어떻게 막아야 할지 궁리하다가 흙과 돌을 나르기 시작했다. 한동안 작업을 하고 있는데 인기척이 났다. 깜짝 놀라서 돌아보니 아내가 언덕 위에서 어처구니가 없는 표정으로 소리를 질렀다.

"아니, 당신 도대체 지금 거기서 뭐 하는 거요?"

손씨는 당황해서

"혹시 유물이 있을까 하고…."

하며 둘러대었다.

"유물? 하이고, 이런 곳에 무슨 유물이 있다고… 요즘 눈치가 하도 수상해서 따라와 봤더니…."

손씨는 아내에게 다가가서 손을 잡아끌었다.

"가게는 어쩌고 왔노?"

"문 닫아 놓고 왔다. 왜 뭐가 잘 못 되었소?"

"날씨가 좋아서 손님들이 좀 올 건데… 그나저나 당신, 그 목소리 좀 낮추고…."

"이 허허벌판에 누가 있다고? 나도 말 좀 합시다."

"아직 못 한 말이 있나."

하는 손씨의 말에 그녀는 새삼 화가 치솟는지 소리를 질렀다.

"아니, 집안 대주라는 사람이 지금 정신 병원으로 가게 생겼는데 장사가 문제요?"

"정신 병원이라니?"

"무슨 말인지 생각해 보소."

손씨는 아내를 달래야겠다고 마음을 먹었다.

"당신, 감은사 금당 밑에 해룡이 드나든다는 말은 들은 적이 있제?"

"이 동네에 그 이야기 모르는 사람이 어디 있다고…."

"내가 그동안 수로를 찾아 다녔는데… 여기를 발견한 거라…."

"그래요?"

마지못한 표정으로 입구를 들여다보던 수성댁이 코를 벌름거리더니 눈이 커졌다.

"아이고야, 짠 내가 확 올라오네. 그럼, 이 구멍이 대왕암까지 연결되어 있다는 그 말이요? 그러니까 당신이 수로를 찾았다는 말이요?"

"그렇다니까."

수성댁은 믿을 수 없다는 표정을 지었다.

"일단 그렇다고 칩시다. 그런데 이런 거는 신고부터 하는 게 맞을 낀데…."

"안 그래도 같이 일하는 사람들과 의논 중이다."

손씨가 둘러대는 말에 그녀의 목소리가 화들짝 커졌다.

"의논이라니? 내가 아는 사람이요?"

"당신은 모른다. 이 동네 사람도 아니고… 그러니 당분간 입 좀 다물고 있어라. 더 알아보고 신고해도 안 늦는다."

"그 사람들이 선수를 치면 말짱 도루묵이 되는 거 아니요. 그러니 먼저 신고하는 사람이 장땡이지, 문화재청에서 나서면 조사도 제대로 할 거고…."

"당신 알고 있제? 이런 일은 절대 빨리빨리 하면 안 된다는 거, 그러다가는 십중팔구 낭패 본다는 거?"

손씨의 간곡한 말에 수성댁은 마지못해 고개를 끄덕였다. 그리고 좋은 생각이 났다는 듯이 주머니에서 스마트폰을 꺼내더니 사진을 찍어대기 시작했다.

"이렇게 큰일을 하는 줄도 모르고 바가지를 긁었으니…."

"내가 말을 안 했으니 알 턱이 있나?"

"신고하면 상금이 좀 나올까? 신문사와 방송국에서도 찾아올 낀데… 당신은 이제 유명 인사 되는 건 시간 문제요. 젊었을 때 탑 해체 작업할 적에도 신문 기자들이 높은 사람들 모두 제쳐놓고 당신만 찾았다 아이가?"

"그랬었지, 어쨌든 지금은 함부로 행동하면 안 된다. 우리가 좀 더 조사할 것이 있다. 그때까지 말하지 않겠다고 약속해라. 사진도 모두 지워야 한다. 알았제?"

"걱정 마소. 입을 딱 다물고 있을 테니까…."

두 사람은 입구를 잘 막아 놓고 집으로 돌아왔다.

다음 날, 일찌감치 가게로 나온 수성댁은 어제 찍은 사진을 들여다보면서 계속 감탄하고 있었다.

"세상에나! 수로가 있다는 소문이 그냥 나온 게 아니네."

그동안 태산처럼 쌓였던 불만들은 이미 봄눈 녹듯이 사라지고 없었다. 앞으로 감은사지에 사람들이 더 많이 몰려올 것이고 장사도 잘될 것이 분명했다.

"내가 잠시 밖으로 나도는 사이에 이런 일을 벌이고 있었을 줄이야…."

수성댁은 지난 초가을부터 장사를 마치기 바쁘게 감포에 들어선 가설극장을 들락거렸다. 사 온 물건들이 대부분 바가지를 쓴 것이거나 싸구려여서 속상해 있었는데 그마저도 풀리는 느낌이었다.

"하여튼 인간들이 전부 도둑놈 아니면 사기꾼들이라니까…."

그녀는 어제 남편의 뒤를 몰래 따라간 것이 신의 한 수였다고 느꼈다. 수로 안쪽에서 나오던 서늘한 바람과 갯냄새를 떠올리면 심장이 벌떡벌떡 뛰었다. 하지만 같이 일한다는 사람들이 공을 가로챌 수 있다고 생각하면 산더미 같은 파도처럼 걱정이 밀려들었다.

"흥, 택도 없는 일이다."

그녀는 남편이 대차게 일을 처리하지 못하면 자기라도 나서겠다면서 주먹을 불끈 쥐었다.

28

숨은 지배자

다음 날 아침, 곡두는 호세와 함께 천전리로 향했다. 한별이는 오랜만에 동생과 밀린 공부를 하겠다면서 집에 남았다.

재우는 지금쯤 손님맞이 준비에 바쁠 것이고, 손씨로부터는 수로 입구를 막는 작업을 진행하고 있다는 연락이 왔다. 그 과정에서 아내에게 현장을 들키는 일이 있었지만, 입단속을 잘해 놓았으니 걱정할 것이 없다고 했다.

옥룡을 손에 넣고 천전리에 열쇠가 있는 장소도 알아두었으니 성과가 좋은 편이었다. 무엇보다도 산청에서 스님을 만나고 돌무덤 속에 있는 운석을 발견한 것은 기적과 다름없었다. 지금은 그것들을 어떻게 꺼내야 할지 지혜를 모으는 일이 남아있었다. 전체적으로 일이 잘 풀리고 있다는 예감이 들었다. 그날 지우 스님과 호세의 만남은 한 편의 드라마와 같았다. 스님은 예전부터 응원과 격려를 보내고 있던 터였다. 천전리에 처음 갔던 날 호세에게 전생 이야기를 들어서인지 두 사람이 서로를 알아보는 게 하나도 이상하지 않았었다.

오늘은 천전리 바위 밑에 있는 열쇠를 꺼낼 방법을 찾아볼 계획이었다. 곡두는 호세에게 속삭였다.

"현장에 가서 연구하다 보면 무슨 방법이 나오겠지."

호세가 그 말을 받았다.

"그럼요. 방법을 알면 행동은 자연스럽게 따라오게 되어 있고요."

"나는 기적을 경험하고 싶어. 솔직히 지구가 사라진다는 말은 아직도 실감이 나지 않거든. 누가 그 말을 믿겠어. 겉으로 보기에 세상은 지금 여전히 평화로운 일상이 계속되고 있잖아. 하지만 가끔 내 목숨이 도매금으로 넘어가는 게 속상하고 무서울 때가 있어. 혜성이 지구를 비껴가는 기적이 일어나면 얼마나 좋을까."

곡두의 말에 호세는 고개를 끄덕였다.

두 사람이 계곡에 도착했을 때 참새가 그들을 맞이했다.

"참 신기하다. 저 참새는 어떻게 알고 미리 와 있을까?"

"그냥 저절로 아는 거지요. 배워서 아는 우리와는 다르니까."

참새가 호세의 어깨 위에 내려앉으면서 재잘거렸다.

"아따, 그 녀석 정말 시끄럽구나. 누가 참새 아니라고 할까 봐⋯."

호세가 참새에게 속삭였다.

"미안해. 어제는 내가 먼 곳을 다녀왔어. 거기서 그리운 사람을 만나 회포를 풀었단다. 어쩌면 오늘은 너의 도움이 필요할지도 몰라."

몇몇 사람들이 각석 앞에 서 있는 것이 눈에 들어왔다. 곡두도 그들 틈에서 바위에 새겨진 그림과 글을 구경했다. 지난번 왔을 때 계곡의 경치와 화랑들의 이름에 관심이 쏠렸다면 이번에는 각석에 새겨진 다양한 형태의 문양과 그림에 눈길이 갔다.

고대 사람들이 바위에 저런 그림들을 새긴 까닭은 무엇일까? 청동기시대로 추정이 된다니 사람들이 무리 지어 살기 시작한 때였을 것이었다. 거칠고 열악한 환경에서 살다 보면 하늘의 도움을 바라는 제의를 지낼 일이 얼마나 많았을까 싶었다.

곡두는 새삼스럽게 하늘을 올려다보았다. 그리고 천천히 계곡을 따라 내려가 지난번에 눈도장 찍어 둔 바위 앞에 섰다.

호세는 흙을 파내고 열쇠를 밀어 넣었던 만큼 깊이 묻지는 않았을 거라고 말했다.

"문제는 그동안 바위틈이 저렇게 좁아졌으니…."

곡두는 혼잣말로 중얼거렸다.

호세가 바위 앞에 앉아서 허리를 곧추세우더니 명상을 시작했다. 곡두는 호세를 방해하지 않으려고 멀찍이 떨어져 앉아 흘러가는 물을 바라보았다. 이상한 것은 이 계곡에 오면 저절로 노래가 부르고 싶어진다는 사실이었다.

"기타를 들고 올 걸 그랬나?"

하며 호세가 있는 쪽으로 고개를 돌렸을 때 그의 어깨 위에 앉아 있던 참새가 빠르게 하늘 위로 날아오르는 것이 눈에 들어왔다.

얼마쯤 시간이 흘렀을까?

갑자기 검은 구름이 모여들면서 주위가 어두워지기 시작했다. 소나기가 한바탕 내릴 것 같은 기세에 멀리 각석 주변에 있던 사람들이 서둘러 자리를 뜨는 것이 보였다. 곡두의 눈에는 그들의 움직임이 마치 음향 장치가 고장 난 텔레비전의 화면처럼 비현실적으로 보였다.

빗방울이 하나씩 떨어지기 시작했다. 곡두는 호세에게 비를 피하자고 하려다가 차에 가서 우산을 챙겨 오는 것이 나을 것 같아서 자리에서 일어섰다. 그 순간 발바닥에 미세한 진동 같은 것이 느껴졌다.

"지진?"

본능적으로 걸음을 멈춘 곡두의 눈이 휘둥그레졌다. 너럭바위 위로 시커먼 물체가 연기처럼 밀려오고 있었다. 자기도 모르게 뒷걸음질을 치면서 호세에게 피하라고 외쳤으나 소리가 목에 걸려 나오지 않았다.

잠시 뒤 곡두는 그 검은 물체가 여러 무리의 개미 떼라는 사실을 알았다. 더듬이가 긴 왕개미들이 비를 가득 품은 구름처럼 밀려오는 중이었다. 개미들은 이내 호세가 앉아 있는 바위 앞에 이르렀고 작은 포클레인처럼 빠르게 작업을 시작했다. 이해하지 못할 것은 그런 현장을 바라보고 있던 곡두에게도 일어났다. 그녀는 수많은 관중 앞에 서 있는 것처럼 천천히 마이클 잭슨이 부른 'Heal the world'를 부르기 시작했다.

There's a place in your heart and I know that it is love.

돌아보면 그녀가 고등학교에 다닐 때 배운 이 노래가 작은 씨앗이 되어 가수라는 꽃을 피운 셈이었다. 곡두는 그 사실에 스스로 감동하면서 노래를 계속 불렀다.

갑자기 어두워지는 하늘에 급하게 자리를 뜨던 사람들이 계곡 아래서 들려오는 여인의 노래에 귀를 기울였다. 그리고 저마다 가슴속에서 일어나는 따뜻하고 부드러운 물결에 몸을 맡겼다.

호세 귀에도 곡두의 노랫소리가 스며들고 있었다. 하지만 그의 마음은 지구에 와서 처음 밟았던 땅, 간월산 자락으로 날아갔다.

공주 개미가 호세를 향해 달려오고 있었다. 호세도 그녀를 향해 마주 뛰어갔다.

"공주 개미야. 이렇게 도와줘서 너무 고마워."

호세의 말에 공주 개미가 말했다.

"호세야, 난 이제 공주가 아니라 여왕이 되었단다."

그러고는 한 바퀴 빙그르르 돌면서 두 팔을 활짝 벌렸다.

"조금 전, 수정마을에 사는 참새에게서 너에게 도움이 필요하다는 말을 전해 들었어. 나는 즉시 천전리 인근에 있는 모든 여왕개미에게 텔레파시를 보냈지. 그리고 그들이 바로 출동했다는 소식을 들었어."

"참으로 기특한 참새야."

"마침 일개미들이 모두 쉬고 있던 참이라 바로 출동할 수 있었다는구나. 영남알프스 일대에 사는 우리 여왕개미들은 서로 만나지는 못해도 항상 소통하고 있거든."

"세상에… 너는 결국 여왕이 되었구나. 공주 개미가 왕국을 건설할 확률은 5백만분의 1이라는 말이 있을 정도로 어렵다고 들었어. 너는 그 엄청난 일을 해낸 위대한 여왕이야. 너를 만났을 때 나를 도와줄 거라는 느낌은 있었지만 이렇게 화끈하게 해결해주다니…"

여왕이 된 공주 개미가 손사래를 쳤다.

"아니야, 내게 기회를 줘서 고마워. 나는 여왕이 되고 처음 실시하는 이 공조 작전이 성공적으로 이루어져서 너무 기뻐. 사실 일개미들은 여기나 거기나 종일 먹고 노는 시간이 대부분이거든. 물론 내 시중을 들거나 애벌레들을 돌보고 먹이를 나르는 일을 하는 개미들도 많지만 80퍼센트는 아무 일도 하지 않는단다. 하지만 어떤 사건이 일어났을 때 번개처럼 나서서 문제를 해결하는 전사들이지.

일개미들의 능력은 얼마나 잘 먹고 잘 노는지에 따라 드러난단다. 그러니까 전쟁이나 천재지변 등 비상시에 대비해서 계속 힘을 축적하고 있는 셈이지. 네가 그 힘을 사용할 수 있는 기회를 준 셈이야. 정말 고마워. 우리들은 그때 멧돼지와 너에게 밟힌 뒤로 더 빠르고 강해졌단다."

"야, 너희들은 정말 훌륭한 시스템을 가지고 있구나."

"그건 사실이야. 우리가 6천만 년이라는 긴 시간 동안 지구의 숨은 지배자 자리를 지키고 있는 것은 저 일개미들 때문이었지. 사건이 일어나는 즉시 가동되는 시스템은 누구도 따를 수 없는 장점이야. 우리는 개인의 권위나 이익보다는 전체 일을 굉장히 중요하게 여긴단다."

"그런데 인간들은 왜 그 이치를 모르는 걸까?"

"우리 할머니가 그런 말씀을 하셨어. 인간들은 뛰어난 생명체지만 너무 어리석다고… 힘과 지혜를 가지고 있지만 제 꾀에 제가 넘어가는 멍청이들이라고… 그리고 어쩌면 인간들 때문에 우리들의 터전이 없어질지도 모른다고 걱정하셨어. 하지만 내 생각은 달라.

아무리 바보라 해도 제 죽을 짓을 왜 하겠어? 설령 할머니가 걱정하던 그런 일이 생긴다 해도 난 걱정하지 않아. 위기는 기회와 함께 찾아오고 기회는 항상 좋은 쪽으로 펼쳐지는 법이잖아. 그날 우리 집이 무너지는 바람에 이렇게 너를 만날 수 있었던 것처럼…"

"고마워, 그리고 미안해."

"넌 처음 만났을 때부터 왜 계속 미안하다고 하니?"

"정말 미안하니까…"

"그런데 우린 언제 다시 만날 수 있을까?"

"열흘 뒤에….”

"네가 사는 곳으로 돌아갈 때 여기로 올 거라고 했던 말 잊지 않고 있어. 너는 나에게 하늘과 별이 있다는 것을 가르쳐주었잖아."

"그동안 밤하늘을 한번 보았니?"

"아니, 난 여전히 하늘을 볼 수 없는걸. 그리고 날이 어두워지면 고단해서 그냥 잠들어. 그렇지만 내 머리 위에서 별이 반짝거리고 있는 것을 상상하는 것만으로도 좋아. 호세야, 기다리고 있을게. 너랑 함께 별을 보고 네 얼굴도 한번 만져보고 싶어."

"그래, 우리 같이 밤하늘을 보자. 내가 도와줄게."

"고마워. 난 잠을 자지 않고 너를 기다리고 있을 거야."

공주 개미와 호세의 만남은 오랜만에 통화를 하는 것처럼 길게 이어졌다. 호세가 눈을 떴을 때 그의 무릎 앞에 고래 모양의 손잡이가 달린 열쇠가 하나 놓여있었다. 개미들이 바위 사이 틈을 채우고 있던 흙을 순식간에 파내고 들어가서 가지고 나온 것이었다. 그들은 감쪽같이 흙을 원래의 자리로 옮겨놓은 뒤 돌아가는 중이었다.

곡두는 마치 꿈을 꾸는 느낌이었다. 문득 동영상이라도 찍어두었으면 좋았을 거라는 생각이 들었다.

"혼자 본 것이 정말 아까워. 하지만…."

그녀는 입속말을 했다.

"저 열쇠가 모든 것을 증명하고 있으니까…."

구름 사이로 햇살이 조금씩 드러나고 있었다. 나뭇잎에 떨어진 물방울들이 보석처럼 반짝이고 바위에 붙은 검은 이끼들은 밝은 초록빛 옷으로 바꾸어 입는 중이었다. 두 손으로 열쇠를 들어올리는 호세의 몸이 조금씩 떨리고 있었다.

29

마지막 질주

모처럼 쉬는 날이었다.

　진규는 귓속이 조용하니 마음이 안정되는 기분이 들었다. 요즘 들어 이명이 자주 일어나서 내심 걱정이 많았다. 작업 중에 일어날 수밖에 없는 소음으로 일종의 직업병을 앓고 있는 셈이었다.

　택지조성 작업은 큰 사고 없이 마무리되었고 모처럼 목돈도 생긴 터였다. 다섯 대의 대형 포클레인과 덤프트럭 열 대가 투입되니 작은 산을 하나 없애는 데 한 달도 채 걸리지 않았다. 그렇게 만들어진 땅에 아파트가 들어선다는 소문이었다.

　"십 년 전만 해도 이 일대가 모두 버려진 것이나 다름없는 야산이었는데 이런 천지개벽이 일어날 줄 누가 알았을까? 그때 산 귀퉁이 땅을 조금 사두었더라면 팔자가 달라졌을 텐데, 그런 안목이 없으니

맨날 몸이 이 고생을 하는 기라.”

“안목이 있으면 뭐 하나, 당장 먹고사는 일이 더 급한데… 투기도 여윳돈이 있어야 하는 거라니까.”

“그나저나 이렇게 아파트를 많이 지어도 자기 집 한 채 가지기가 갈수록 힘들어지니 알 수 없는 일이야. 서울에는 코딱지만 한 아파트값이 몇십억은 예사라니….”

“세상이 요지경 속이라, 우리 같은 사람들은 한마디로 호구지...”

일을 마치고 동료들과 저녁 식사라도 할라치면 으레 한 번씩 나오는 소리였다.

수정마을로 이사 온 뒤로는 그래도 일이 계속 있어서 다행이었다. 부지런히 일해야 아이들 뒷바라지를 할 수 있었다. 그나마 쉬는 날 흙을 만질 수 있다는 사실이 너무 고마웠다. 오래 된 주택은 잔손이 많이 갔고 텃밭도 자주 돌봐주어야 먹을 것이 나오는 법이었다.

진규는 문득 며칠 전 아들이 하던 말을 떠올리며 얼굴을 쓸었다.

“아빠, 호세가 그러는데 지금 초대형 혜성이 지구를 향해 오고 있대요.”

“호세가 상상력이 아주 풍부하구나.”

“상상이 아니고 지구가 몸이 너무 아파서 죽을 지경이 되었대요. 그런데도 사람들이 1분 1초도 멈추지 않고 괴롭히고 있대요. 지구가 죽으면 우리도 함께 죽을 수밖에 없다고 했어요.”

“한별아, 걱정하지 마라. 그런 일은 일어나지 않을 테니까….”

“그랬으면 정말 좋겠어요.”

문득 아들과 주고받았던 말들이 떠올랐다. 예사로 들어 넘겼던 그 말을 시작으로 몇 가지 의문이 올라왔다. 호세가 계속 집에 머무는 것도 그렇고 처제가 아이들과 어울려 다니는 것도 이상했다. 며칠 전에는 산청을 다녀왔다더니 오늘은 천전리로 간다면서 일찌감치 외출을 한 터였다.

"1분 1초라…."

그는 아들이 하던 말을 되뇌다가 스마트폰을 들고 '1분 1초 동안 지구에서 일어나는 일' 글자를 입력하자 상상조차 해 보지 않았던 정보들이 줄줄이 따라 나왔다.

1분이라는 시간 동안 지구에서는 어떤 일들이 일어나고 있는가? 세계 곳곳에서 250명의 아이들이 동시에 태어나고 있으며 15명 정도는 선천적인 장애를 가지고 있다. 그리고 1백7명의 사람이 세상을 떠나며 그중에서 18명은 아사의 후유증으로 목숨을 잃는다.

단 1분 만에 지구인들은 6백6십만 리터의 석유를 사용하고 2천5백 톤의 쓰레기를 쏟아낸다. 그중에서 3백 톤 정도는 사람이 먹을 수 있는 음식 쓰레기다. 하늘에는 6천 대의 비행기가 동시에 날고 나무늘보라는 동물은 15미터를 움직인다.

60초에 불과한 시간 동안 우주에서도 여러 가지 일이 일어난다. 우주는 4천5백 킬로미터 팽창하며 지구 곳곳에 2만 5천 톤의 비가 쏟아진다. 하늘에서는 4천7백 개의 별이 사라지고 번개는 3백60번 번쩍이며 지구 땅에서는 다섯 번의 지진이 일어난다.

아들이 하던 말이 떠올라서 그는 마지막 글을 반복해서 읽었다. 그리고 어쩌면 지구도 사라질 수 있겠다는 생각을 했다. 사람들은 어떻게 이런 것들을 알고 계산을 해낼까? 궁금증과 함께 화면을 밀어 올렸다.

인간들은 1분 동안 8천8십억 마리의 동물과 식물의 목숨으로 음식을 만든다. 그리고 이 음식들은 사람의 몸속에서 1분 동안 1억 5천만 개의 적혈구를 생성한다.

벌은 1분 동안 1만 2천 번의 날갯짓을 하고 개미 알은 1분 동안에 1천2백만 마리가 부화한다.

전 세계의 숲에서 1초 동안 8천3백 그루의 나무가 사라지고 전쟁과 테러로 여덟 명의 사람이 죽거나 난민이 발생하며 아홉 명이 에이즈에 감염된다.

그는 갑자기 머릿속이 복잡해지는 느낌이 들어서 스마트폰을 내려놓았다. 그러나 이내 궁금증을 참지 못하고 '지구의 환경 변화'로 검색을 계속했다.

전 세계 해안에는 방파제나 부두 시설, 제방 등이 수천 킬로 축조되면서 모래의 이동이 차단되는 바람에 강의 삼각주들이 사라지고 있다. 1천만 제곱킬로미터 면적의 연안 습지 가운데 이미 절반 이상이 훼손됐으며 열대 연안의 맹그로브 숲은 새우 양식장과 양어장으로 대체됐고 해안 침식이 심해졌다. 1950년대에 연간 2백 톤이던 플라스

틱 생산은 현재는 3억 6천만 톤으로 늘었다. 이 가운데 일부는 쓰레기가 되어 바다로 흘러 들어간다. 미세 플라스틱은 북극 설원까지 바람에 날려가면서 지구 전체에 없는 곳을 찾아보기 힘들 정도로 골고루 분포하고 있다. 인류가 합성한 광물과 유사 화합물의 종류는 현재 18만 개 정도로, 대부분 1950년 이후에 만들어졌다. 그 당시 시멘트 생산량은 연간 1억 3천만 톤에 불과했고 콘크리트는 연간 10억 톤 수준이었는데 현재는 시멘트 40억 톤, 콘크리트 2백7십억 톤이 생산된다. 1945년 핵무기 실험이 시작된 이래 1980년까지 5백여 차례 핵실험이 진행되었고 방사능이 대기층으로 방출됐다. 인위적 방사성 핵은 지구 환경의 역사를 바꾸는 인류세의 징표다. 이것은 한 해에 6백억 마리 이상 소비되는 닭의 뼈와 함께 지질학적 특징으로 뚜렷하게 남을 확률이 높다.

남극과 그린란드 등의 육지 빙하는 2012년 이후부터 연간 6천6백5십억 톤씩 사라지고 있으며 해수면은 3밀리미터 정도씩 높아지고 있다. 특히 2010년부터는 세계 각국이 지진의 공포에 휩싸여 있다. 재난의 시작을 알린 것은 카리브해의 작은 나라인 아이티로 2010년 규모 7.0의 강진이 일어나 약 3십만 명의 사상자가 나왔다. 또한 유례없는 폭설이 몽골지역을 초토화시켰으니 영하 5십도를 넘나들었던 살인적인 한파로 5백만 마리가 넘는 가축들이 떼죽음을 당했다. 이 일로 인해서 수많은 유목민이 하루아침에 생계 수단을 모두 잃어버렸다. 인도네시아의 수도 자카르타 인근을 흐르는 시타럼강도 심각한 상태다.

20년 전만 해도 이 강은 다양한 동식물이 서식하는 생태계의 보고로 손꼽혔지만, 지금은 쓰레기 매립지를 방불케 하는 최악의 강이 되고 말았다. 1990년대부터 들어선 수십 개의 대형 섬유공장에서 몰래 버린 각종 폐수와 주변의 집에서 나온 생활하수가 더해져 강을 오염시킨 탓이다. 이 강물이 유입되는 바다에서는 등껍데기가 바깥으로 휜 기형 거북들이 발견되고 있다. 인도 깊숙한 산속에서 수백 년간 문명을 거부하며 살아온 동그리아콘드족은 국제 광산 회사가 알루미늄 채광을 하는 바람에 그들의 성산이 무자비하게 파헤쳐졌다.

21세기에 들어서면서 지구에는 매년 우리나라 산림 전체 넓이의 산과 숲이 사라지고 있다. 산림을 파괴하는 가장 큰 이유는 토지로 이용하기 위해서이다.

진규는 더 이상 알고 싶지 않아서 스마트폰을 소파 위로 던져버렸다.

30

바다소

나는 슈텔러다.

며칠 전 택지 조성을 위해 야산을 없애는 작업을 끝낸 포클레인 기사 몇 명이, 술잔을 기울이면서 나를 안주로 삼았다.

"한우가 맛있다고 하지만 우리처럼 종일 흙먼지를 마시며 일하는 사람에게는 이런 삼겹살이 훨씬 낫지."

"맞아, 마블링인가 뭔가 지방이 많이 박힐수록 비싸다는데 그게 몸에 무슨 이득이 될까. 전부 축사에 가두어놓고 사료를 먹여 키우는데…."

"소 가격이 워낙 좋으니까 너도나도 축사를 늘이는 거 아니겠어? 1등급 소 한 마리 값이 천만 원 정도까지 한다니까…."

"그 바람에 우리 동네 집은 똥값으로 집을 내놓아도 찾는 사람이 없어.”

“갑자기 그 예쁜 집을 왜 팔아? 맞다, 자네 마을에 축사가 많이 늘었지.”

“십 년 전에 이사할 때만 해도 몇 개 없던 축사가 지금은 사람 사는 집보다 훨씬 더 많은 동네가 되어버렸으니… 소똥 냄새도 그렇지만 울음소리 때문에 잠을 못 자니 죽을 지경이야.”

“난, 소 우는 소리가 엄청 정겹고 똥 냄새도 구수하던데 뭘….”

“예끼, 이 사람아. 그건 우리 어릴 때 들판에서 풀 뜯어 먹으며 자라던 시절 이야기고 지금은 악취도 그런 악취가 없어. 소음은 또 어떻고. 노이로제에 걸릴 만큼 심해. 얼마 전, 앞집에서 소가 밤새도록 우는 바람에 꼬박 날밤을 새운 집사람이 부탁을 하러 갔던 모양이야. 먹을 걸 주든지 아프면 치료를 좀 해주든지 제발 밤에 잠 좀 자게 해달라고….”

“그 어진 제수씨가 축사에 항의하러 갔다고?”

“그런데 펑펑 울면서 왔더라고….”

“소 주인과 한바탕했구나.”

“아니, 그게 아니고 옛날에는 송아지에게 열 달 넘게 젖을 먹였잖아. 그런데 이렇게 오래 끌면 수정이 늦어지니까 서너 달만 지나면 강제로 떼어 놓는다는 거야. 한 달이라도 빨리 임신을 시켜서 돈을 만들어야 하니까. 그러니 어미는 젖이 불어서 아파 울고 새끼는 그 젖 더 먹겠다고 울고… 그 말 듣고 온 집사람 얘기로는 송아지가 고무젖 말고 엄마젖을 달라고 그렇게 운대. 소도 사람하고 다를 바가 하나도 없잖아요, 하면서 송아지가 불쌍하다고 울고….”

"아이고야, 빨리 이사해야겠다."

"누가 이런 집을 사겠어. 재수가 없는 놈은 자빠져도 코가 깨진다더니… 아내가 주택에 살고 싶다고 고집을 부려서 이사했으니 죄인이 따로 없는 거야. 그 모습을 보는 게 애처로워서 대놓고 불평도 못한다니까."

"에휴, 팔자라 여기고 살아야지 어쩌겠어."

"나는 송아지보다 새끼에게 젖도 먹이지 못하는 어미 소가 불쌍하다는 생각이 들더라고… 평생 햇볕 한 번 못 보고, 제 똥을 칠갑한 채로 축사 안에서 살다가 도살장으로 끌려가는 거 보면 인간이 참 못 할 짓을 많이 한다는 생각이 들어. 그 송아지도 결국 어미처럼 살게 되겠지 싶기도 하고…."

"세상에 돈이 뭔지…."

"그렇게 키운 소가 우리 몸에 무슨 이득이 될까 싶고…."

"돼지도 마찬가지야. 양돈장에 한 번 가보면 삼겹살도 못 먹을걸. 그렇게 따지다 보면 아무것도 먹을 게 없어."

"모르는 게 약이지…."

"옛날에는 바다에도 고래만큼 큰 소가 있었다더군. 그런데 송아지 고기처럼 연하고 맛이 있는 바람에 멸종이 되었다나? 펭귄 같은 경우는 고기 맛이 고약해서 저렇게 살아남았다니 인간이 참 무섭다는 생각이 들더라고…."

"허긴, 풀이고 벌레고 사람에게 찍히면 씨도 남기 힘들지. 텔레비전에서 건강에 좋다고 한 번만 떠들면 그날로 동이 나는 판이니까."

"난 바다에 고래만큼 큰 소가 살았다는 말은 처음 듣는데?"

"스마트폰으로 바다소라고 치니까 줄줄이 나오더라고… 한 마리 잡으면 3톤 가까운 고기와 아몬드 맛이 나는 기름이 나온다니 엄청나게 컸던 모양이야. 요즘, 세상 돌아가는 거 보면 나이 먹는 게 무섭고 서글퍼질 때가 있어. 우리 어릴 때는 모르는 게 있으면 어른들께 물어봤는데 지금은 우리가 아이들에게 배워야 한다니까. 그러니 이제 어른이 필요 없는 시대가 되어버렸어. 세상이 거꾸로 돌아가고 있다는 증거 아니겠나?"

"이 사람아, 무슨 그런 소리를 하고 있나. 아이들에게 물어볼 게 뭐 있어? 검색 신이 대기하고 있잖나. 사실 애들이 아는 것도 모두 검색창에서 배운 거야. 그건 진짜로 아는 게 아니라 그냥 정보일 뿐이지, 지식과 경험에서 나온 건 다르잖아. 스마트폰 사용법은 아이들에게 배우지만 내가 가르쳐 주는 게 더 많은 편이지."

하며 스마트폰을 흔들어 보였다.

"자네 말이 맞네."

술자리에 함께 있던 두 아이의 아빠인 남자가, 동료들이 나누던 말을 들으며 고개를 끄덕였다. 그리고 모처럼 쉬는 날, 나를 떠올린 모양이었다.

그는 내 이름이 생각나지 않아서 휴대전화에 바다소라는 글자를 입력했다.

슈텔러는 북극 지방에 살았던 바다소의 일종이다. 그는 지구에서 가장 무서운 생물은 인간이라는 사실을 증명하며 사라진 동물로, 빙하기에 등장했다. 그리고 간빙기가 시작된 이후 개체 수가 크게 줄었다. 인간들에게 존재가 알려질 즈음에는 북극과 알래스카 연안에 수천 마리 정도만 남아있었다고 전해진다.

1741년, 베링 지역 항해 중에 발견된 바다소는 게오르크 슈텔러라는 사람에 의해 분류학적으로 처음 기록되었고, 따라서 그의 이름으로 불리게 되었다.

슈텔러는 해초를 뜯어 먹고 살았던 것으로 추측되는 동물로, 몸길이가 10미터 이상 되는 것도 있었다고 한다. 큰 덩치에 비하여 비교적 작은 머리와 넓고 수평으로 갈라진 꼬리지느러미를 가지고 있었다. 가죽은 암갈색으로, 바탕에 흰 줄과 점 무늬가 있었는데 당시 사람들이 이 가죽을 매우 좋아했다.

그들이 세상에 알려진 것은 조난한 탐험대 중 일부가 살아 돌아오면서부터였다. 무인도에 표류한 대원 중 절반은 병으로 죽었지만, 나머지 사람들이 바다소의 고기로 생명을 유지한 것이다. 그들은 기름을 연료로 사용하고 고기를 식량으로 하는 바람에 목숨을 구할 수 있었다.

그 뒤로 북극해를 탐험하는 사람들이 본격적으로 바다소를 잡기 시작했다. 슈텔러는 천성적으로 온순한 동물인 데다 가족이나 동료애가 깊어서 암컷이나 새끼가 상처를 입으면 구하려고 몰려드는 바람에 여러 마리를 쉽게 잡을 수 있었다.

결론적으로 슈텔러는 인간에게 발견된 지 27년 만에 완전히 멸종되고 말았다.

만약에 바다소의 고기가 맛이 없었더라면 조난된 탐험대가 잡아먹는 일은 있었겠지만, 멸종은 피할 수 있었을지도 모를 일이다.

남자는 신경질이 난다는 듯이 스마트폰을 꺼버렸다.

"젠장, 그냥 모르고 사는 게 훨씬 편하지."

그는 조금 전에 했던 말을 또다시 내뱉었다. 그리고 자기가 산을 깎고 바다를 메우는 작업으로 밥을 먹고 산다는 사실에 자괴감을 느꼈다. 그는 백혈병을 앓고 있는 딸아이의 얼굴이 떠올리며 중얼거렸다.

"미안하다, 은별아. 모두 내 탓이다."

31

적응

영숙은 아침 일찍 일어나 뒤란의 담장 아래 올라온 풀을 뽑았다.

흙이 있는 곳마다 자리를 잡은 풀들이 기세를 부리고 있었다. 이런 작업은 새벽에 시작해서 아침 해가 올라오기 전에 끝내야 했다.

"그래야 모기와 날파리들이 괴롭히지 않거든."

남편이 기대했던 것 이상으로 영숙은 적응을 잘했다. 이사 와서 그들 부부가 가장 먼저 한 것은 방 한 칸을 개조해서 황토방을 만들고 아궁이에 무쇠솥을 거는 일이었다. 그들은 딸의 건강을 되찾기 위해서는 반드시 이런 공간이 필요하다고 믿었다.

구들을 놓는 기술자를 찾기가 어려우리라 생각했는데 인터넷 검색을 해 보니 일손을 쉽게 구할 수 있었다. 그들의 말로는 전원생활을 하는 사람들이 늘어나면서 황토방을 두는 집이 부쩍 늘어서 일감이 많다고 했다. 예상했던 것보다 비용이 들었지만 연기가 잘 빠지고 골고루 따뜻해서 흡족했다.

진규는 겨울이 오기 전에 장작을 준비해야 한다고 생각했다. 땔감은 작업 뒤에 나오는 나무가 많아서 걱정할 필요가 없었다.

이제 뒤란에 재래식 변소를 하나 만드는 일이 남아있었다. 입구를 산비탈 방향으로 앉히면 문을 열어놓고도 일을 볼 수 있을 터였다. 어릴 때는 한밤중에 변소 가는 일이 싫었는데 이제는 냄새나던 그 공간이 가끔 생각났다.

진규는 자신이야말로 그런 환경에서 자란 마지막 세대라고 생각했다. 그리고 그 시절로 돌아갈 수 없어서 그리워지는지 모른다고 느꼈다.

그는 요즘 벌레와 냄새에 방해받지 않는 재래식 화장실을 만들기 위해 방법들을 연구하고 있었다. 재나 톱밥, 등겨처럼 버려지는 곡식의 껍질들을 이용하면 충분히 가능할 것 같았다.

하지만 일이 많은 바람에 도무지 시간을 낼 수 없었다. 그러다 보니 집안일과 아이들 뒷바라지는 대부분 아내의 몫이 되었다.

아파트에서 살던 때가 먼 옛날 일처럼 돌아보였다. 아파트를 판 돈으로 대지 백오십 평에 방 세 개가 있는 주택을 구입했는데 돈이 제법 남았다. 하지만 집수리에 그 돈이 다 들었으니 시골집과 맞바꾼 셈이었다.

시골에서 태어나고 자란 자신과 달리 아내는 도시 출신이었다. 하지만 그녀는 은별이의 치료에 도움이 된다면 선택의 여지가 없다고 생각했다. 처음에 우려했던 것과 달리 시골 생활은 불편한 것이 많았지만 재미있는 것도 구석구석 숨어있었다. 무엇보다 마당 옆에 자리 잡은 텃밭이 좋았다.

스무 평정도 되는 밭에서 갖가지 채소들이 자라났다. 때에 맞추어 상추씨를 뿌리고 부추와 파 모종 들을 심으니 마트의 채소 코너가 부럽지 않았다.

내친김에 뒤란 축대 밑에 퇴비장까지 만드니 음식 찌꺼기도 재활용할 수 있었다. 그녀는 가을쯤이면 좋은 거름이 될 것이라고 기대했다.

진규는 그 퇴비장 옆에 문이 없는 화장실을 하나 만들 계획이었다. 그는 똥과 오줌은 따로 삭혀야 효과적으로 사용할 수 있다는 것을 알고 있었다. 따라서 생활 쓰레기 분리 작업도 철저하게 했는데, 그것은 아파트에서 살 때도 했던 일이라 새삼스러운 것이 없었다.

대문 앞에 내놓으면 면에서 수거했지만 그들의 집에서는 쓰레기가 거의 나오지 않았다. 게다가 난방과 취사는 옥상에 설치한 태양열 전기를 이용하고 있으니 환경을 훼손할 걱정이 별로 없었다.

황토방은 날이 더워져도 한 번씩 불을 때야 장판에 곰팡이가 피지 않는다는 말을 들었다. 영숙은 아침에 뽑은 풀을 거름 무더기에 올려놓고 아궁이 속에 있는 재를 긁어다가 그 위에 골고루 뿌렸다.

아침 식사를 준비하려고 주방으로 들어간 그녀는 아이들이 모두 집에 있는 날, 감자를 몇 개 캐서 삶아야겠다고 생각했다. 초봄에 남편이 먹다 남은 감자를 잘라 빈 고랑에 심을 때만 해도 기대하지 않았는데 싹이 올라오더니 하얀 꽃을 피웠다. 감자꽃을 본 적 없는 영숙은 감탄사를 연발했고 진규는 꽃을 따주어야 알이 굵어진다면서 전문 농사꾼처럼 어깨에 힘을 주었다.

영숙은 은별이가 병에 걸린 것은 가슴 아픈 일이지만 삶이 새로운 방향으로 흘러가고 있다고 자신을 위로했다.

그리고 감자 캘 날을 손꼽아보다가 문득 호세와 곡두가 집에 머문 지 보름이 넘었다는 사실을 깨달았다. 식구가 늘어난 만큼 할 일도 많았지만 귀찮거나 싫은 마음은 없었다. 특히 호세는 남이라는 생각이 들지 않았다. 집으로 돌아가게 하는 일은 곡두에게 은근히 떠넘겼다. 그러고 보니 이제 같이 있을 시간이 며칠 남지 않은 셈이었다.

호세는 집이 어디일까? 부모들은 왜 아이를 찾지 않을까? 학교에 다니지 않는 것도 이상했다. 가끔 이런 의문이 일어날 때면 마음이 심란해지면서 불안한 생각마저 들었다. 하지만 막상 호세가 눈앞에 있으면 걱정이 봄눈처럼 녹아내리니 참 이상한 일이었다.

32

승천

스님은 아침 일찍 집을 나섰다. 내일 호세 일행이 온다는 말에 택시를 불러놓은 터였다. 도움이 될 만한 실마리를 하나라도 찾아 두고 싶었다. 구형왕릉은 마을 앞 도로에서 차를 타면 5분도 걸리지 않는 거리에 있었다.

호세와 함께한 그 짧은 시간 동안 스님은 몇 생을 넘나든 느낌이었다.

전생과 윤회의 개념은 힌두교에서 유래했지만, 불교 역시 그 영향을 받는 터였다. 하지만 두 종교의 궁극적인 목표는 카르마에서 해방되는 것으로 니르바나, 즉 해탈의 상태에 도달하는 것이었다.

호세의 말을 들었을 때 스님은 별로 놀라지 않았다. 별이 사라지는 것은 우주공간에서 무수히 일어나고 있는 현상이라고 생각했다.

신라 왕국이 재현되는 것에도 큰 관심이 가지 않았다. 단지 인간이라는 생명체가 사라지는 것을 막기 위해 우주인들이 마련한 차선책 정도로 느껴질 뿐이었다.

우주는 원인과 결과가 정확하게 실현되는 곳이지만 인간은 그 전체를 이해할 수 없었다. 하지만 지구가 그런 식으로 사라진다는 것은 방탕한 행동을 일삼던 젊은이가 스스로 죽음의 길로 들어가는 것과 다름없는 안타까운 일이었다.

그런 생각을 하다가 궂은 날씨를 마다하지 않고 집을 나섰다. 한사코 말리던 부산댁도 마지못해 우산을 챙겨 들고 따라나서며 구시렁거렸다.

"비가 계속 온다는데 감기라도 걸리면 어쩌시려고… 하여튼 스님 고집은 아무도 못 말린다니까. 사람이 갈대처럼 이리저리 좀 휘어지면 살기가 편한데 저렇게 참나무처럼 꼿꼿하니까 세상 사는 것이 고단하신 거라…."

시간이 이른 탓인지 구형왕릉에는 사람이 보이지 않았다.

부산댁이 사방을 두리번거리며 신기하다는 듯이 말했다.

"와! 이런 돌무덤은 난생처음 보네요. 그나저나 저 많은 돌을 어디서 가져왔을까요. 보아하니 이 부근에서 나오는 건 아닌 것 같은데…."

부산댁의 말에 스님이 고개를 끄덕였다.

"다들 그렇게 말해요. 이게 1,500년 전에 만들어진 무덤이니까 가야 사람들은 그때 이미 고대 피라미드 원리를 알고 있었던 것 같아요. 피라미드 내부는 자기력이 강해서 벌레와 뱀이 접근하지 못한다는 말이 있잖아요.”

“정말 신기한 일이네요. 보기에는 뱀이 엄청 많이 있을 것 같은데… 어쨌든 전체 분위기가 어두운 느낌이네요.”

스님이 고개를 끄덕이며 말했다.

“무덤 주인인 구형왕이 그런 마음으로 있다고 봐야지요. 그런데 무슨 연유인지 돌에 그 흔한 이끼나 풀이 자라지 않고 낙엽도 이쪽으로는 떨어지지 않는다는 말이 있어요.”

그러고 보니 왕릉 주변은 방금 청소라도 해놓은 것처럼 깨끗했다. 무덤 뒤쪽으로 올라가면서 부산댁은 스님의 몸이 좋아지고 있으니 더 이상 감사한 일이 없다고 생각했다.

돌무덤의 꼭대기가 보이는 곳에 이르자 스님이 속삭였다.

“보살님, 혹시 저 윗부분 어딘가에 색깔이 다른 돌이 있는지 한번 살펴보세요.”

스님의 말이 떨어지기도 전에 부산댁이 손가락으로 한곳을 가리켰다.

“저기 돌 틈에 옥색 돌이 하나 있네요.”

스님의 얼굴이 활짝 펴졌다.

“아, 보살님 눈에 보인다니 정말 다행이네요. 사실은 저 돌이 호세에게 필요한 모양인데 어떻게 꺼내야 할지 고민 중이랍니다. 위에 있는 돌들을 들어내면 간단한 일이겠지만 그럴 수도 없고… 그 생각을 하다가, 현장에 오면 무슨 방법이 있을까 하고 나온 거예요.”

부산댁이 고개를 끄덕였다.

“저긴 함부로 들어갈 수 없거든요.”

"그러게요."

빗방울이 떨어지기 시작했다. 부산댁이 들고 있던 우산을 얼른 펴서 스님에게 건네주었다. 조금씩 내리던 비가 갑자기 소나기로 변하는 바람에 두 사람은 재실로 사용하고 있는 호릉각 쪽으로 걸음을 옮겼다. 잠시 비를 피하기 안성맞춤인 장소로 보였다. 그때였다. 마치 자리에 가만히 있으라고 호령이라도 하는 것처럼 한차례 천둥소리가 울렸다. 동시에 돌무더기 속에서 무언가가 움직이는 것이 두 사람의 눈에 들어왔다.

큰 구렁이 한 마리가 대가리로 돌을 밀어내며 올라오고 있었다.

두 사람은 너무 놀라서 뒷걸음질 치다가 그대로 땅바닥에 주저앉고 말았다. 스님은 앉은 자리에서 바로 정좌하더니 큰소리로 능엄주를 독송하기 시작했다. 그것은 귀신의 장난이나 혜살을 일시에 깨뜨리고 열반의 길을 가도록 인도하는 불경이었다.

스님의 낭랑한 목소리가 빗줄기에 실려 왕산 골짜기에 퍼졌다. 그때 부산댁의 머릿속에 문득 무속인들이 하던 말이 떠올랐다. 자연현상과 인간의 마음이 조화를 이룰 때 나타나는 영물이 바로 용이라는 것이었다.

부산댁은 스님의 옆에서 큰 절을 세 번 올렸다.

"뱀이 자라서 구렁이가 되고 구렁이가 크면 이무기로 변하고 이무기가 여의주를 얻으면 용이 된다는데 왕의 묘에서 구렁이가 나온다면 남은 것은 하나뿐…."

그러고는 큰 소리로 외쳤다.

"용이다! 용이다! 용이다!"

부산댁의 목소리가 쩌렁쩌렁 왕산 골짜기에 울려 퍼졌다. 그와 때를 같이하여 구렁이의 몸이 밖으로 완전히 드러났다. 또 한 번의 천둥과 함께 돌무더기를 벗어난 구렁이가 순식간에 용의 모습으로 바뀌더니 빗줄기를 타고 솟아오르기 시작했다.

스님은, 용은 오안이 열린 사람 눈에만 보인다는 선사들의 말을 떠올리며 눈앞에서 일어나는 현상들을 놓치지 않고 바라보았다.

시간이 얼마나 지났을까. 염불이 모두 끝나고 빗줄기도 조용해졌다. 공중에서 우렁우렁한 목소리가 울려 나왔다.

"그대가 용이라고 불러주는 순간 드디어 내 이름을 찾았다. 나는 이미 오래전에 인간의 몸을 벗었음에도 불구하고 미생의 존재로 돌무덤 속에 있을 수밖에 없었다. 하지만 오늘 허물을 벗었으니 본래의 모습으로 돌아왔다."

비는 이미 그쳤고 하늘 위에 무지개가 길게 걸렸다. 한차례 소나기가 지나간 것 외에는 주변은 아무것도 달라진 게 없었다.

돌무덤 틈에 있던 푸른 돌이 스님 앞에 놓여있었다. 스님은 조심스럽게 돌을 집어 들었다. 호세와 한별이가 보여주던 운석과 비슷하게 생긴 돌이었다.

갑자기 아래쪽에서 사람 소리가 들리더니 서너 명의 젊은 사람들이 올라오는 것이 보였다. 그들은 비에 흠뻑 젖은 두 사람을 이상하다는 듯이 쳐다보았다. 스님과 부산댁은 눈길을 마주치지 않으려고 우산으로 얼굴을 가린 채 돌다리를 건넜다.

휴대전화를 꺼내 택시회사에 전화를 걸면서 부산댁은 스님이 감기라도 걸리지 않을까 걱정하기 시작했다.

33

기적

다음 날 아침 일찍 호세 일행이 스님을 찾아왔다.

곡두에게서 그간의 이야기와 스님 소식을 들은 재우도 만사 제쳐 두고 동행했다.

스님은 밝은 얼굴로 그들을 맞이했다. 어제 비를 맞은 탓인지 감기 기운이 조금 있었지만, 기분은 새털처럼 가벼웠다.

스님의 얼굴을 보는 순간 재우의 눈시울이 뜨거워졌다. 지난번에 본 신문 기사와 블로그에서 읽은 스님의 글들이 한꺼번에 떠오른 까닭이었다. 그는 스님 앞에서 한바탕 통곡하고 싶은 마음을 누르며 슬그머니 밖으로 나왔다. 그리고 담장 뒤로 돌아가서 한참 동안 울었다. 입술을 타고 들어오는 눈물이 달고 짭짤했다. 그는 손등으로 눈물을 닦으면서 어른이 된 뒤로 이렇게 소리 내어 울어본 적이 없었다고 생각했다.

이윽고 그들이 모두 방안에 둘러앉았을 때 스님이 불상 앞에 올려 둔 돌을 호세에게 건네며 말했다.

"어제 아침에 보살님과 왕릉에 다녀왔어요. 구형왕께서 주신 선물입니다."

모두 박수를 쳤다.

"왕께서 스스로 만든 족쇄에서 벗어나 본래의 자리로 가시는 것을 보았습니다."

"기적이 일어났군요."

곡두의 말에 한별이가 물었다.

"스님, 어떻게 하면 그런 기적들이 일어나요."

한별이의 물음에 스님이 미소를 지으며 말했다.

"한별아, 네가 원하는 게 뭔지 한번 말해 볼래?"

"저는 2학기가 되면 동생과 손잡고 학교에 가고 싶어요. 그게 소원이에요."

스님이 고개를 끄덕이며 말했다.

"우리가 마음을 모아 기도하면 반드시 그런 날이 올 거야."

"지구가 없어지는데도 그 꿈이 이루어질까요?"

"한별아, 우리가 지금 함께 있는 이 자체가 기적이란다."

스님의 말에 한별이의 얼굴이 밝아졌다.

"아, 맞아요. 호세가 기적이에요."

모두 고개를 끄덕였다.

"그럼, 각자 소원을 하나씩 말해볼까요? 한별이의 꿈이 이루어지기 바라면서요."

곡두가 제안하자 한별이가 다시 물었다.

"그런데 이모, 누구에게 부탁해요?"

"이 조그만 부처님께 말하면 들어주실 것 같다."

스님의 말에 그들은 둥글게 모여앉아 서로의 손을 잡고 작은 불상에 시선을 모았다.

"아기 부처님, 은별이와 손잡고 학교에 가게 해주세요."

한별이가 눈을 감고 말했다.

"우리 스님이 감기에 걸리지 않게 해주세요."

옆에 있던 부산댁이 말을 이었다.

재우는 단단히 마음을 먹었는지 비장한 목소리였다.

"하나님, 부디 혜성이 지구를 비껴가게 해주세요."

곡두가 그 뒤를 이었다.

"지구를 살리는 일에 모든 사람들이 동참하도록 해주세요."

호세 차례가 되었다.

"무사히 제 별로 돌아갈 수 있게 해주세요. 하시브."

마지막으로 스님이 말했다.

"부처님 한 번만 더 기회를 주십시오. 나무아미타불 관세음보살."

그것은 생명의 상징인 아미타 부처님을 따르겠다는 진언이었다.

소원을 비는 시간이 끝나자 그들은 약속이라도 한 듯이 두 손을 가슴에 모으고 서로를 향해 고개를 숙였다.

호세는 이제 떠날 시간이 가까워졌다고 생각했다. 내일 밤 간월산 정상으로 올라가서 여왕개미와 마지막 시간을 보낼 터였다. 그녀와 함께 오래도록 별을 보고 해가 뜨기 전에 천마호와 함께 지구를 떠날 것이다. 그는 이 시간을 놓치면 케플러 행성으로 돌아갈 수 없다는 사실을 잘 알고 있었다.

세 개의 운석이 하나의 열쇠로 작용할 것이다. 우주의 모든 것이 이 숫자와 함께 생겨나고 스러지기 때문이다.

지구 행성도 마찬가지였다. 하늘 아래 땅이 생겨나고 그것을 바탕으로 인간이 등장함으로써 아름다운 행성으로 거듭날 수 있었다.

호세가 스님에게 말했다.

"아씨께서도 함께 가시지요."

스님은 아직 해야 할 일이 남아있다고 생각했다.

"구형왕릉에서 푸른 돌을 찾던 그날 부처님께 발원했습니다. 우리에게 한 번만 더 기회를 달라고요. 저는 제가 있는 이 자리에서 혜성이 지구를 비껴가게 해달라고 계속 기도하고 있겠습니다."

호세는 문득 대왕암으로 갈 때 곡두 이모가 하던 말이 떠올랐다.

"… 호세야, 잘 들어봐. 하나님께서 소돔과 고모라를 심판하기 전에 의인이 열 명만 있다면 그 뜻을 접겠다고 하셨단다. 그런데 오백만 명이 넘는 그린피스 회원들이 목숨을 내놓고 노력하고 있는데 지구를 없앤다고? 우리에게 물어보지도 않고 누구 마음대로?"

"오백만 명의 그린피스 회원…."

호세는 소리 내어 말했다.

그는 자신의 임무를 완수했다고 믿었다. 이제 신라 왕국의 탄생은 지구의 생사와 상관없이 우주인들에 의해 진행될 것이다. 저 광활한 우주에 생명체가 깃들어 살아갈 또 하나의 소우주가 생기는 것이다. 그것은 지구에 한별이라는 아이가 있어서 가능한 일이었다.

돌아보면 지구에서 일어나는 일은 모든 것이 유동적이었다. 한 가지 일에 수많은 변수를 내포하고 있는 만큼 어떤 사람과 함께 하는가에 따라 진행되는 속도나 과정이 달라지기 마련이었다.

호세는 수품과 함께 국토를 순례하던 기억을 떠올렸다. 두 사람은 삼 년 동안 전국에 있는 큰 산과 강과 바다를 찾아다니며 호연지기를 길렀다. 그리고 신라가 중앙집권형의 국가로 바뀌는 중심 자리에 있으면서도 사사로운 욕심이나 명예에 연연하지 않았었다. 그 과정에서 쌓인 두 사람의 우정과 신뢰가 시공을 초월하여 오늘까지 이어진 것이다.

이제 이 열쇠들이 새로운 신라 왕국에 중요한 역할을 할 것은 분명하다. 하지만 인간의 근본을 바꾸거나 획일화시키는 도구는 되지 못할 것이다.

결론적으로 케플러 행성은 인간 생명체의 실험대가 되는 셈이다. 해룡이 된 문무왕의 절규처럼 그들은 지구에서의 전철을 밟을 것인가? 아니면 아틀란티스처럼 이상향의 세계로 나아갈 것인가? 그것은 모두 새롭게 태어나는 신라인들에게 달려있었다.

같은 시각 손씨는 수로 입구에 와 있었다.

아내가 하루를 채 넘기지 못하고 이장에게 모든 것을 말하며 사진까지 보낸 모양이었다. 이장은 그것이 수로의 입구라 여기고 한달음에 읍사무소로 달려갔다.

읍사무소 직원들이 가게로 찾아와 현장 확인에 동행해 달라고 했을 때 손씨는 정신이 아득해지는 느낌이었다.

그는 절망했다. 어쩌면 그들은 온갖 장비와 기술을 동원해서 작업을 벌일지 모른다. 관광 자원으로 활용할 방법을 찾기 시작하고 수중왕릉으로 사람들을 불러들일 궁리를 할 것이 뻔했다. 그나마 열쇠를 미리 찾았기에 망정이지 잘못했으면 일이 크게 꼬일 뻔했다는 생각에 가슴을 쓸어내렸다.

직원들도 조금 흥분한 눈치였다. 손씨가 도살장에 끌려가는 소처럼 따라나서자 수성댁은 한술 더 떠서 문을 걸어 잠그고 앞장을 섰다.

현장은 지난번에 작업해 둔 그대로 있었다.

직원들이 프린트 한 사진을 들여다보면서 말했다.

"여기구먼."

재빠르게 언덕 아래로 내려간 이장이 돌무더기를 들어내며 확인 작업을 시작했다. 그 순간 손씨는 자기 눈을 의심했다. 현장이 완전히 달라져 있었다. 분명히 아내와 함께 작업을 해놓고 왔는데 난데없이 생땅이 나타난 것이었다.

"여기가 아닌 것 같은데… 잘 찾아보라니까…."

"찾아보고 말고 할 게 뭐 있어? 사진 속 배경들을 살펴봐. 딱 이 자리라니까."

그들은 옥신각신하며 목소리를 높였다. 이장의 얼굴이 조금씩 일그러지더니 결국 그들에게 사과하는 상황이 되었다.

"내가 좀 경솔했던 것 같소."

수성댁은 방금 울음이 터질 것 같은 목소리로 울부짖었다.

"도대체 이게 어찌 된 일이야? 아니, 갑자기 구멍이 어디로 사라졌지?"

직원 하나가 수성댁을 보며 말했다.

"사모님, 혹시 이 사진 합성한 것 아니요? 잘못하면 공무를 방해한 죄로 걸립니다."

"뭐라? 내가 감옥에 간다고?"

열이 확 올라간 목소리였다.

"근무 시간을 쓸데없는 데 허비하게 만들었다는 뜻이지요."

직원의 목소리가 조금 낮아졌다.

"아니, 한 번 더 말해 보소. 합성이라니? 아니, 내가 그럴 재주가 있다면 이 촌구석에서 매점이나 하면서 살겠냐고?"

수성댁이 급기야 삿대질을 시작하자 그들은 혼비백산했다.

"아니, 그게 아니고요. 사모님도 보시다시피 사진에는 수로의 입구로 추정되는 구멍이 이렇게 선명하게 나와 있어요. 그런데 실제로 와 보니 없지 않습니까? 어떻게 합니까? 우리는 사진보다 현장이 더 중요하다고요."

"안 그래도 지금 혈압이 올라 죽을 판인데… 사람을 어떻게 보고…."

이장은 흥분한 수성댁을 말리고 직원들에게 사과하느라 진땀을 흘렸다.

"아이고, 모두 내 잘못이요. 공연히 헛걸음만 시켰으니…."

읍사무소 직원들은 현장 사진을 몇 장 찍고는 서둘러 자리에서 벗어났다.

손씨는 눈앞에서 일어나고 있는 상황을 계속 곁눈질하면서 입을 꾹 다물고 있었다.

수성댁이 한탄하듯 말하며, 남편을 채근했다.

"참말로 귀신이 곡할 노릇이네. 내가 분명히 두 눈으로 똑똑히 봤는데… 그리고 이렇게 사진까지 있는데 이게 도대체 어디로 사라졌단 말인가? 당신도 입이 있으면 한마디 해보소."

꿀 먹은 벙어리처럼 가만히 있던 손씨는 이장과 직원들이 멀어지자 비로소 한마디 거들었다.

"당신, 어제 하루 동안 말 참는다고 고생이 많았네."

수성댁은 남편을 잡아먹을 듯이 노려보다가 주먹으로 제 가슴을 쾅쾅 쳤다.

"아이고, 못살아. 숨통이 터져서 내가 못 살겠어…."

34

약속

우주인들은 이제 곧 지구를 떠날 호세를 바라보고 있었다. 그가 임무를 마치고 북극성으로 돌아오면 왕국 건설 프로젝트가 본격적으로 가동될 터였다. 그들은 앞으로 지구인들이 감당해야 할 슬픔과 고통을 생각하며 한숨을 내쉬었다.

사람들이 이 자리에서 저 푸르고 창백한 지구를 한번 볼 수 있다면, 허공에 점 하나 찍어놓은 것 같은 작은 행성이 자신들의 터전이라는 것을 안다면 그렇게 함부로 행동할 수 없었을 거라고 여겼다.

지구인들은 밤하늘에 펼쳐지는 유성우의 신비함을 즐기고 감탄하면서도 정작 자기들이 사는 곳이 얼마나 아름다운지에는 관심이 없었다. 그리고 지구가 사라질 수밖에 없는 온갖 원인을 제공하며 주어진 기회들을 놓치고 있었다.

그들은 호세에게 천마호가 도착할 시간을 알려주었다. 아침 해가 솟아오르기 전에 천마호를 타는 것으로 그의 임무는 모두 끝나는 셈이었다.

우주인들이 연민으로 지구를 바라보고 있는 그 시각, 곳곳에 흩어져 살고 있는 지구인들은 제 나름의 일상을 보내고 있었다.

수정마을 또한 다를 바 없었다.

한별이네 가족은 오랜만에 함께 점심을 먹었다. 호세가 집으로 돌아간다고 하자 모두의 마음에 반가움과 아쉬움이 교차했다. 오후가 되자 영숙은 호세를 위해 감자를 한 소쿠리 캐서 물에 씻었다.

"호세야, 너 먹고 가라고 감자를 일찍 캤단다. 이 껍질 좀 보거라. 색깔이 마치 초여름 이마처럼 곱기도 하지."

그 말을 들은 곡두가 진심을 담아 말했다.

"언니는 시인이 돼야 했었어. 아니, 자연을 노래하는 시인이야."

곡두의 말이 듣기 좋았던지 영숙이 활짝 웃었다.

"고마워, 영미야. 나는 어릴 때부터 네가 부르는 노래가 참 듣기 좋았어. 우린 축복받은 사람들이야, 그치?"

진규도 몇 번 했던 말을 계속하며 거들었다.

"내가 감자꽃을 따주어서 이렇게 잘 된 거야."

그러면서 호세의 손을 잡았다.

"호세야. 언제든지 또 놀러 오너라."

참새는 전과 다른 기미에 종일 호세의 주변을 맴돌았다. 그리고 은별이가 손바닥에 올려놓은 과자를 쪼아 먹거나 텃밭으로 날아가서 똥을 갈겼다.

진규는 내년에는 밭을 더 늘려야겠다고 생각하며 큰소리를 쳤다.

"두고 봐. 일 년 내내 감자를 사 먹지 않아도 되도록 해줄 테니까…."

"그래요. 좋은 거름이 있으니까 충분히 가능해요. 올가을에는 텃밭을 늘려 김장배추도 몇 포기 심어봅시다."

하며 영숙이 한술 더 떴다.

"가만있자, 배추씨는 더위가 한창일 때 뿌리던데… 그건 안 해 봐서 모르겠는데 한번 알아봐야겠네."

"모종을 심어도 잘 된다고 하던데요."

곡두는 두 사람이 나누는 말을 듣다가 감자가 목에 걸려 물을 찾았다. 그녀는 생각했다. 앞으로 다가올 일에 대하여 아무것도 모르는 형부와 언니가, 씨앗을 뿌리고 모종을 심고 배추를 수확하는 날이 온다면 얼마나 좋을까? 그리고 그 배추로 김장하는 평범한 일상이 계속될 수 있다면 얼마나 행복할까?

곡두는 마음을 달래려고 스마트폰으로 뉴스를 찾아보았다.

지난해 초가을, 호주 남동부 지방에서 시작된 산불에 대한 내용이 나오고 있었다. 산불이 무려 5개월 동안 계속되었다는 사실을 그녀는 잠시 잊고 있었다. 바빴던 탓도 있었지만 먼 나라의 일이다 보니 관심밖에 두었던 것이었다.

호주는 이 산불로 엄청난 피해를 보았으며 전염병까지 겹쳐 경제적 타격을 심하게 받고 있다고 했다.

남동부 해변에만 한반도 면적에 달하는 숲이 훼손되었고 호주 전체 숲의 약 14퍼센트 이상 타버렸다는 통계가 나올 정도로 큰 산불이었다. 인근에 있는 들판으로 번진 불로 연기와 재가 뉴질랜드 오클랜드의 하늘을 황색으로 뒤덮어 버릴 정도였다. 심지어 불똥은 바다를 건너 호주에서 세 번째로 큰 캥거루섬까지 날아가 섬의 절반을 태워버렸다.

탄식이 절로 나왔다. 곡두는 그곳을 다녀온 적이 있었다. 세계 최초의 꿀벌보호구역을 포함한 스물한 개의 자연보호구역과 국립공원이 있는 곳이었다. 그 모든 게 불길에 사라졌다는 게 믿기지 않고 상상도 되지 않았다.

앵커는 화재의 원인이 기후 변화로 인한, 긴 가뭄과 폭염 때문이라고 했다.

호세는 이런 현상이 모두 초대형 혜성이 지구 가까이 오고 있다는 것을 알리는 전조 현상임을 알고 있지만 말을 하지 않았다. 혜성이 다가올수록 앞으로 지구는 더 고통받을 것이 분명했다.

그는 가슴이 아팠지만, 내색하지 않았다.

산불을 잡는 것은 하늘에서 비가 내리면 해결되는 일이었다. 하지만 지금처럼 계속 서로에게 책임을 떠넘기고 원망하며 싸운다면 비난의 에너지가 기름으로 작용하며 불길을 키울 터였다.

사람들은 지금 이 순간이 종말일 수도, 새로운 시작점일 수도 있다는 사실을 미처 인식하지 못했다.

밤이 깊어지자 호세는 한별이가 선물로 준 가방에 옥룡 목걸이를 넣었다. 그리고 천전리에서 가져온 공룡 화석 열쇠와 세 개의 운석을 담았다. 그는 이제 마지막으로 할 일이 하나 남았다고 생각했다. 그것은 간월산 정상에서 여왕개미와 함께 별을 보는 일이었다.

"한별아, 너와 더 있고 싶지만 여왕개미와 한 약속을 지켜야 해. 나는 해가 뜨기 전에 지구를 떠날 거야."

"호세야, 헤어진다는 게 실감이 안 나. 우리 언제 다시 만날 수 있을까?"

호세는 잠시 망설였다.

"한별아, 우린 항상 연결되어 있어. 눈을 감고 얼굴을 떠올리면 언제든지 만날 수 있어."

"호세야, 난 요즘 지구를 살려 달라는 기도를 하고 있어. 네가 말했잖아. 한 사람의 말과 행동이 달라지면 그만큼 혜성의 진행 방향도 달라질 수 있다고…."

"그럼, 그렇고말고…."

은별이의 방에 불이 꺼지고 종일 집안일을 하던 진규와 영숙도 잠자리에 들었다. 은별이가 잠들 동안 토닥토닥 자장가를 불러주던 곡두가 살그머니 일어나 창가에 섰다. 마루 끝에 앉아 두 아이가 작별 인사를 나누고 있었다. 갑자기 그녀의 눈가가 뜨거워지면서 눈물이 볼을 타고 내려와 입술을 적셨다. 눈물은 달고 짭짤했다. 그녀는 소리를 내지 않으려고 애쓰면서 한참 동안 흐느껴 울었다. 그러나 이내 두 주먹을 불끈 쥐고 다리에 힘을 꽉 주었다.

그녀는 알고 있었다. 지구가 우주공간에서 가뭇없이 사라지더라도 사람은 쉽게 사라지지 않는다는 것을, 그 이유는 저마다 가슴속 깊은 곳에 있는 사랑 때문이며 사랑으로 연결된 생명체는 다시 만나게 된다는 것을….

곡두는 우주인들이 벌이고 있는 왕국 건설 프로젝트가 성공할 것

이라고 짐작했다. 그리고 언젠가는 자신도 케플러 452b에서 신라인
으로 태어날 것이라고 믿었다.

그녀는 생각했다. 초대형 혜성이 지구와 충돌하기까지 남은 시간
은 얼마나 될까? 나는 그 시간을 어떻게 사용하며 살까?

북쪽 하늘을 가리고 있던 구름이 걷히면서 북극성이 모습을 드러
내었다. 그 별에 있는 우주인들이 수정마을 빨간 벽돌집을 가만히
내려다보고 있었다.

작가의 말

20년 전 어느 가을, 지구 생태계에 대해 공부하면서 의식의 확장을 느낀 기억이 있다.

피터 싱어의 『실천윤리학』은 지구환경과 인류의 생활방식을 되돌아보게 했다. 그중에서도 사육되는 동물들에게 인간이 가하는 폭력이 너무 혹독해서, 다른 도덕적 태도를 바꾼다고 하더라도 우주에 있는 모든 고통의 총량을 감소시키기 어렵다는 말은 큰 충격이었다.

그날부터 바로 채식을 시작했는데 건강이 안 좋아지면서 5년 만에 중단하고 말았다. 하지만 동물에게도 자의식이 있고 그들도 우리와 똑같이 고통을 느끼는 존재라는 사실은 지금도 불편한 진실로 작용하고 있다.

『우리 문명의 마지막 시간들』을 쓴 톰 하트만이 말했다. 인간이 삶의 방식을 바꾸지 않는다면 21세기 말쯤 지구는 사람이 살 수 없는 행성이 될지도 모른다고. 그의 지적들은 지금, 하나둘 현실이 되어가고 있다.

막바지 원고작업을 하던 올여름, 그리스와 캐나다에 이어 하와이에 일어난 대형 산불 소식과 <히말라야 대재앙 빙하 쓰나미>에 대한 다큐멘터리를 만났다. 그리고 폭염, 홍수, 살인적인 가뭄과 함께 급속도로 녹아내리는 빙하와 그로 인한 해수면 상승 등의 자연재해를 겪거나 전쟁 등을 통해서 삶의 터전을 잃은 사람들을 보았다.

자연재해나 전쟁은 그전에도 늘 있었던 일이라고 자위하더라도, 인간이 생명의 본질과 만물의 상호 연관성을 빠르게 잃어가고 있으며 그 부작용이 사회 곳곳에서 드러나고 있다는 것은 부정할 수 없다.

이런 현상은 지구에 재난의 대재앙이 시작되었다는 말과 다름없다. 우려되는 것은, 기후변화 등의 극단적 현상은 갈수록 심해질 것이지만 별다르게 막을 방법이 없다는 사실이다.

우리는 과연 이 두려운 현실을 어떻게 헤쳐 나갈 수 있을까?

이 소설은 오래전 천전리 각석에 새겨진 두 화랑의 이름을 보는 순간 시작되었다. 그때 나는 우리들의 가슴에 반드시 자리하고 있을, 사랑과 신뢰와 평화의 선한 에너지가 시공을 초월하여 작용하고 있다는 느낌을 받았다.

그들을 현실로 초대하기 위한 방법으로 SF 소설의 형식을 빌렸지만, 소설 속 인물들과 친해지기까지는 아주 오랜 시간이 걸렸다.

붓다는 "우주에는 독자적 존재가 없으며 모든 실체는 관계를 통하여 드러난다"라고 했다. 시간과 공간이, 만나는 대상에 따라 현상으로 나타난다는 의미에서 소설 쓰기는 내 존재를 확인하는 유일한 방법이다. 하지만 이 또한 드러남과 동시에 거품처럼 사라질 환幻이 분명하다.

　책이 나오기까지 많은 사람의 도움이 있었다.

　원고를 받아준 호밀밭 출판사와 내 고착된 사고에 흐르는 물처럼 아름다운 영향을 준 박정은 편집팀장에게 고마움과 사랑의 마음을 전한다.

　그리고 어느 날 문득 순정이라는 귀한 낱말을 선물처럼 가슴에 안겨준 젊은 인디가수 곡두 씨와 나를 이곳까지 오게 한 여러 인연에 감사의 마음을 담아 큰절을 올린다.

2023년 초가을에
고금란

"세상 모든 것에 감탄하는 지혜로운 사람들의 공간"
도서출판 호밀밭

케플러가 만난 지구
ⓒ 2023, 고금란

초판 1쇄	2023년 09월 27일
2쇄	2023년 11월 22일

지은이	고금란
책임편집	박정은
디자인	박규비

펴낸이	장현정
펴낸곳	호밀밭
등록	2008년 11월 12일(제338-2008-6호)
주소	부산광역시 수영구 연수로 357번길 17-8
전화	051-751-8001
팩스	0505-510-4675
홈페이지	homilbooks.com
이메일	homilbooks@naver.com

Published in Korea by Homilbooks Publishing Co., Busan.
Registration No. 338-2008-6.
First press export edition September, 2023.

Author Ko Kume Ran
ISBN 979-11-6826-121-1   03810